U0919071

王岫庐 著

翻译之镜：文字的辨认与寻绎

译林出版社

图书在版编目（CIP）数据

翻译之镜：文字的辨认与寻绎 /王岫庐著.—南京：译林出版社，2021.4
ISBN 978-7-5447-8587-7

I.①翻… II.①王… III.①文学翻译－研究 IV.①I046

中国版本图书馆 CIP 数据核字（2021）第 029843 号

本书为中央高校基本科研业务费专项资金资助中山大学文科青年教师重点培育项目“多维视角下文学翻译批评体系的理论建构与实践研究”（19wkzd19）成果之一。

翻译之镜：文字的辨认与寻绎　王岫庐 / 著

责任编辑　金　薇
装帧设计　胡　苨
校　　对　王　敏　蒋　燕
责任印制　董　虎

出版发行　译林出版社
地　　址　南京市湖南路 1 号 A 楼
邮　　箱　yilin@yilin.com
网　　址　www.yilin.com
市场热线　025-86633278
排　　版　南京展望文化发展有限公司
印　　刷　江苏凤凰新华印务集团有限公司
开　　本　890 毫米 ×1240 毫米　1/32
印　　张　8.75
插　　页　4
版　　次　2021 年 4 月第 1 版
印　　次　2021 年 4 月第 1 次印刷
书　　号　ISBN 978-7-5447-8587-7
定　　价　68.00 元

版权所有 · 侵权必究
译林版图书若有印装错误可向出版社调换。质量热线：025-83658316

目 录

二、字词的寻绎

三、生活的译境

前言：翻译的镜中世界

"Whatever may be their use in civilized societies, mirrors are essential to all violent and heroic action."

Virginia Woolf, *A Room of One's Own*

自古以来，镜子是一件蕴意丰富的物品。英语"mirror"一词源自拉丁语的"mirare"，原为观看（to look at）和被迷惑（be amazed）之意。镜子古称"鉴"，字从金，其象形取自一人弯腰，倒影映照于一盆水中，意为自照自反，其后引申为观察和令人警惕之意。从镜子的历史里，我们可以看出人类对真实的探寻、认识自我的努力，对美与身份的追求，也会观察到与我们的心灵、虚荣、欲望等产生微妙关联的细节。

希腊神话中，河神刻菲索斯（Cephissus）与仙女莱里奥普（Liriope）之子那喀索斯（Narcissus）临水自照，凝视着湖水中那个翩翩美少年陷入爱恋，最终郁郁而亡，其身化为孤芳自赏的水仙花，永远低头凝视水中自己的倒影。这个故事里，水面发挥了镜子的映照功能，那喀索斯之死则留下了恒久的训谕：镜像可能会成为我们沉溺虚幻而走向自我疏离的迷途。

镜子是人类认识世界、识别自我的重要工具，也是经常被用来说明文学艺术本质的隐喻。柏拉图在《理想国》里，把艺术反映生活看作镜中的影像，认为艺术家模仿着影子的影子，不论艺术家如何努力，希望经由作品逼真再现世界的各种面貌，作品终究只是如幻似真的虚构，而非实在的世界本身："拿一面镜子四面八方旋转，你会马上造出太阳、大地、你自己、其他动物、器具、草木以及刚才所提到的一切东西。"[①]在柏拉图看来，艺术的本质就是模仿，只能描摹事物的外表，而不能写出事物的真实，恰如镜中的映象一样虚幻。

中国的诗学传统也有镜之喻，受佛道两家的影响，"一方面强调其'静'，一方面强调其'虚'"[②]。老子曾说："涤除玄览，能无疵乎？"（《道德经》第十章）认为人心深邃灵妙，要去除各种错乱繁杂的信息，就如同拂去四面八方的灰尘，方能保持清明公正、明澈如镜的本心。庄子有言："至人之用心若镜，不将不迎，应而不藏，故能胜物而不伤。"（《庄子·应帝王》）这说的是镜子客观如实映照事物而不留物象的特质，并进而联想到心灵的开放性与涵摄性，指出人心应该和镜子一样不偏不隐，充

① 柏拉图：《文艺对话集·理想国》（朱光潜译），北京：人民文学出版社，1959年，第69页。

② 乐黛云：《中西诗学中的镜子隐喻》，《文艺研究》，1991（5）：42—47，第43页。

分地反映自然，逼真地显现真朴。在佛家的观点中，“镜万有于方寸，而其神常虚”（僧肇语），镜子可以映照出大千世界，恰因其本身空无一物。同样地，人的神思若要游于万初，首先也需放空心灵，如苏轼诗云：“静故了群动，空故纳万境。”

同样是以镜为譬，西方的诗学传统重在突出作品对外物逼真灵动的描摹，并强调虚幻与真实的差别，中国的诗学传统则用来观照创作者的内心，将明静虚空的诗人之心看作审美创作的前提条件。对应翻译研究的历史，就不难理解为什么“镜子”也是用以理解翻译的一个重要隐喻。一方面，我们期待译作如同一面平整明亮的镜子，“不将不迎，应而不藏”，完全忠实复写出原作的思想、风格和手法；另一方面，我们希望译者自身的退场或隐没，“静故了群动，空故纳万境”，毕竟读者对译本的解读与欣赏，最希望获得的是对原作的理解，而并非译者借翻译之名而进行的自我创作。

韦努蒂（Lawrence Venuti）在《译者的隐身》（*The Translator's Invisibility: A History of Translation*）一书中，引用诺曼·夏皮罗（Norman Shapiro）的话来表明这种传统的翻译观：“译文应力求透明，以使其看起来不像译文。好的翻译像一块玻璃。只有玻璃上的一些小小的瑕疵——擦痕和气泡。当然，理想的是最好什么也没有。译文应该永远不会让读者感到他们是在读译作。”①

---

① Venuti, Lawrence, *The Translator's Invisibility: A History of Translation*, London and New York: Routledge, 1995, p.1.

现实中，译者即使甘于努力让自己变得透明，仍不免受到各种责难；他们念兹在兹的“等值”，期望对原作逼真而忠实的再现，始终也只是一种至美的理想，无法真正实现。当我们凝视他者的时候，我们的眼睛里既有他者的影像，同时也嵌着自身历史文化的瞳孔，我们对他者的理解，有真实的一面，也有变形、歪曲的一面，有受社会文化、政治因素所左右和夸大的部分，有想象的部分，也有视而不见的盲点。因此，跨越语言的壁垒和视角局限而产生的译本，如果真是一面镜子，也难免在文化的摩擦与语境的挤压中发生变形，甚至有可能支离破碎。但这也未尝不是一件好事。若在意外中打破了镜子，我们只能收拾碎片，但结果却会是更意外的发现：镜子之碎片一样可以反映影像，而且更加具有多元性。

乔治·斯坦纳（George Steiner）的《巴别塔之后》（*After Babel*）以非凡的独创性和洞察力，从形而上学的角度定义了翻译。斯坦纳将翻译描述为一种“阐释运动”（hermeneutic motion），是一种具有认知力的、有意义的解释行为。翻译并非原作的镜像与转写，而是包含着译者对原作理解和认识的再现。翻译这一阐释运动分为四个阶段：首先，译者对文本的意义产生直觉的信任，这种信任源自他对世界一致性的信任；其次，译者不动声色由信任转为进攻，“冒险一跳”（ventures a leap）对原作发动攻击将其据为己有；再次，译者通过“归化”（domestication/ naturalization），将异域之知加以提取和引进，并“打乱或重新定位整个本土结构”；最后是恢复阶段，译者“满载而归”（come home laden），并找到一种新的平衡，来弥补他在直面文本的过程中造成的失衡。最终，斯坦纳给出了饶有深意的总结：“翻译就像一面镜子，它不仅反射光，并且产生光。”①

这或许是我们理解翻译之镜的另一种方式。如果翻译是一面镜子，那么它的存在不只是为了反射原作的光，也会产生自己的光。我们与其追问翻译对原作之光的扭曲，不如将其看作文本的另一种客观存在，冒险纵身一跳，进入译作本身，观察其本身独特的透镜构造，寻找文本之光的不同来源。这不仅帮助我们逼近原作的真实，更重要的是，文本旅行和变迁过程中的丰饶世界，将在这奇妙的镜中之旅当中，向我们缓缓打开。

王岫庐

---

① Steiner, George, *After Babel: Aspects of Language and Translation*, Oxford: Oxford University Press, 1975, pp.314–317.

/ 一、概念的重思 /

背面俱花的锦绮

“译事三难”的迷思

诗情画意谈对等

无用之用　其乐无穷

伪译与创作

莱布尼茨的十四个问题

一名之立，旬月踟蹰

“凡字必有神采”

天平与杆秤

背面俱花的锦绮

翻译是什么？这个问题看起来很简单，回答起来却不太容易。每次上第一堂翻译课，我都会问同学们这个问题。总有些同学会脱口而出："翻译就是把一段话从一种语言翻译到另一种语言！"然后大家都笑了。

我们都知道，给一个概念下定义，定义项不能直接或间接地包含被定义项，否则，就会犯"同语反复"或"循环定义"的逻辑错误。从这个角度上说，"翻译就是把一段话从一种语言翻译到另一种语言"显然不是一个好定义，但这句话多少说明了两个问题：

1. 一般情况下，人们会把翻译理解为一种跨语言（文化）的活动；

2. 翻译这个活动在经验世界里，是普遍存在的。人们遇到这种习以为常的事情，更有可能用循环的方式去解释和定义。例如，“午饭就是每天中午吃的那顿饭”，“实用主义者就是为人处世特别实用的人”，以及“翻译就是把一段话从一种语言翻译到另一种语言”。

我们不妨首先从词源的角度追溯一下，也许会得到一些启发。根据《说文解字》，中文里说的这个“翻译”中的“翻”字，是“飞”的意思。佛经翻译中，释赞宁把“翻”比喻为把绣花纺织品的正面翻过去的“翻”：“翻也者，如翻锦绮，背面俱花，但其花有左右不同耳。”（《高僧传三集》卷三《译经篇·论》）无论是“飞”还是“翻”，这个字都多少意味着一种“从……到……”的动作。从一处到另一处，从正面到反面，从源语到译入语。

“翻译”中的“译”呢？在《说文解字》里的解释为：“译，传译四夷之言者。”又是个以“译”释“译”的解释循环。钱锺书先生在《林纾的翻译》一文中，还提到《说文解字·口部》第二十六字“囮”：“囮，译也。从‘囗’，‘化’声。率鸟者系生鸟以来之，名曰‘囮’，读若‘讹’。”并考据“诱”、“讹”、“化”和“囮”是同一个字，在此基础上提出了翻译之“化”与翻译之“讹”的两面。

一个“译”字，就牵扯出来这么多层面的意义。看来想要回答“翻译是什么”，给翻译下个定义，方方面面揭示翻译的内涵，真的还挺困难。事实上，西方翻译学者们说到翻译的时候，往往也会循环定义。例如奈达（Nida）给出的著名定义："Translation is translating meaning"（翻译即译意）[1]，图里（Toury）的解释就更是如此了："A translation will be any target language text which is presented or regarded as such within the target system itself, on whatever grounds."（翻译就是在目的语系统中任何以翻译的形式呈现，或是被当作翻译的目的语文本，不管出于什么原因。）[2]

从严格意义上说，循环定义并不是真正的定义，而是把翻译的定义"悬搁"（suspend）了起来。现象学中所说的"悬搁"，就是强调在直观中对认识对象的审察，因为这种审察是直观的，所以不带有先入之见。同样，通过强调"不管出于什么原因"，描述翻译学在选择研究对象方面就避免了事先设定的标准和偏见。

通过"悬搁"判断，我们跳出了以往关于翻译是否"忠实"，或者应该"意译"还是"直译"的辩论，而开始平心静气地接受，任何一种译本，都有其存在的价值，都有其可研究之处，就连"伪译"（pseudo-translation）也不例外。值得注意的是，"不管出于什么原因"不可能意味着"随便出于什么原因"，更加不可能是"没有任何原因"。这里涉及的，一定是某一个特定的原因，是适用于我们所研究的那个特定的翻译文

---

① Nida, Eugene A., and Jan De Waard, *From One Language to Another: Functional Equivalence in Bible Translation*, Nashville: Thomas Nelson, 1986, p.60.

② Toury, Gideon, *Descriptive Translation Studies and Beyond*, Amsterdam: John Benjamins, 1995, p.27.

本的原因。把翻译的定义“悬搁”起来，并不是说我们对翻译就没有任何先验和经验的认识。毕竟，从解释学的角度来看，“先见”甚至“偏见”可能恰恰是解释和理解得以实现的条件和前提。

所以，我们开始翻译之旅的第一步，并不是要翻遍所有的书本，去给翻译找个权威的定义，然后就照着各种条条框框去做翻译。我们这一路走，一路读，我们手中的文本，如同那些背面俱花的锦绮，让我们翻来覆去，在细密的语言针脚里，寻找译事的秘密。

“译事三难”的迷思

在中国语境里，谈论翻译，几乎不可能绕过“信、达、雅”这三个字。自严复在1896年《天演论·译例言》中提出“信、达、雅”之说以来，大多数翻译读者早就将这三个字奉为圭臬，将其看作理所应当的翻译原则或标准。在签订翻译合同的时候，常常会遇到这样的条款：“译著符合信、达、雅的要求。”每次看到这句话的时候，我总会心里一沉，准备签名的笔顿时重如千斤了。的确，又有哪个译者，有胆量保证自己的译作完全“符合信、达、雅的要求”呢？

其实，严复《天演论·译例言》所说的“信、达、雅”，并非翻译的标准，而是要指明翻译的“难处”：

> 译事三难：信、达、雅。求其信已大难矣！顾信矣不

达，虽译犹不译也，则达尚焉。[①]

严复明确了“信”和“达”的统一关系，它们就好像一枚硬币的两面，缺一不可。求信为译之本，同时必须考虑通达，若译文诘屈聱牙，就“译犹不译”了。根据钱锺书先生在《管锥编》中的理解，“信”“达”“雅”出自佛典的“信”“达”“严”（释为饰，即雅），三者是一个系统的整体，“信”处于统摄全局的地位：“译事之信，当包达、雅；达正以尽信，而雅非为饰达。”

长期以来，学界关于“信、达、雅”之说的历史渊源、学术内涵乃至与国外译论的相互参照阐发的可能性，不乏热烈的讨论和争议。学理上的推敲，并不总能够解决实践中的困境。即便是天才翻译家傅雷，也曾感慨“真要做到和原作铢两悉称，可以说是无法兑现的理想”。在翻译的学习和训练中，我们不妨从这个“无法兑现的理想”中暂时抽身，琢磨一下“译事三难”的这个“难”，根源到底在哪里，有哪些解决之道。

回到《天演论·译例言》，就在“译事三难”这句之后，严复接着说：

海通已来，象寄之才，随地多有。而任取一书，责其能与于斯二者则已寡矣。其故在浅尝，一也；偏至，二

① 严复：《天演论·译例言》，《翻译论集》（罗新璋编），北京：商务印书馆，1984年，第136页。

也；辨之者少，三也。[1]

海通以后，晚清士人开眼看世界，学习外语乃至留洋的人越来越多。严复却敏锐地指出一个问题：这些懂外语的“象寄之才”，译书的水平往往不敢恭维。社会上不乏双语人才，却很难找到合适的译者，这个问题其实到如今依然存在。全球化的时代，中国人的外语水平普遍提高，海归人才比比皆是。有一种普遍的误解，认为懂外语就等于会翻译。也有不少外语学习者自信满满，刚学了一些语法皮毛，捧着字典查几个生词，就认为自己可以做翻译了。更有甚者，将机器翻译的文字稍做修改，一篇译稿就诞生了。

事实上，在翻译这项工作中，外语能力是一个必要但不充分条件。译者知识结构和译学修养的欠缺，往往是造成误译的根源：“浅尝，一也；偏至，二也；辨之者少，三也。”浅尝，指译者的学问做得不深；偏至，指译者懂的知识比较集中，专业之外的文本就很难处理好；辨之者少，指懂得辨别译事三难的人不多。换言之，好的翻译既要是个专才，也要是个通才，还得有相当丰富的翻译经验，深知其中甘苦。

学问做得过浅、过偏，都没法做好翻译。用一句很多翻译专业同学都听过的话来表达，就是要“Try to learn something about everything and everything about something”。这是赫

① 严复：《天演论・译例言》，《翻译论集》（罗新璋编），北京：商务印书馆，1984年，第136页。

胥黎的名言，并不针对翻译这个职业，而是泛指所有人的成长。这个“通才+专才”的模式，也只是一个理想。毕竟，再博闻强记，也不可能无所不知；再极深研几，也不可能明察所有深奥隐微。赫胥黎的话里有个不可忽视的动词：try（努力/尝试），努力是态度，尝试是行动。鲁迅翻译果戈理的《死魂灵》，说自己“字典不离手，冷汗不离身”，就是表明了这个态度。朱生豪在动荡不安的危困环境中，笔耕不辍，矢志译莎，就是付出了这样的行动。这个try的态度与行动，便是破解翻译之难的第一步。

翻译，是一个不断努力的过程。每一个特定的翻译任务，都是对译者知识面和专业水平的挑战，是对译者学习和研究能力的挑战，也是对译者职业态度和操守的考验。从长远来看，译者的学养是做好翻译的保障。实际翻译中，总会出现文本内容超出译者现有知识储备的情形。如果足够认真，通过阅读相应的专业书籍，查阅有关资料和工具书，能够吃透原文，译文就能避免不少低级错误。

话说回来，人的知识结构、理解能力乃至时间与精力毕竟都是有限的，译者需要有to try的态度和行动，也需要有not to try的智慧和判断力，明白哪些翻译任务是自己可以胜任的，哪些是可以尝试的，哪些暂时是mission impossible。这是一个“辨”的能力。

在现实中，读者依然会希望翻译做到“信、达、雅”，翻译合同中还是会出现“信、达、雅”的条款。面对这样的期待，译者往往觉得很有挫败感，好像翻译是一项还没有开始就已经注定失败的任务。面对“信、达、雅”的迷思，也许我们更应该牢记严复先生同时提出的三大问题：浅尝、偏至、辨之者少。如果自己尽力做到细读、泛读、明辨，翻译出的文字也应当会更加妥当。

“博学之，审问之，慎思之，明辨之，笃行之。”我想，这不但是解决翻译之难的良方，也是解决所有学问之难的办法。

诗情画意谈对等

学翻译的同学，应该都听说过语言学家罗曼·雅可布逊（Roman Jakobson）在“On Linguistic Aspects of Translation”（1959）一文中提出的三种类型的翻译：

- 语内翻译 **intralingual translation** — translation within the same language, which can involve rewording or paraphrase;
- 语际翻译 **interlingual translation** — translation from one language to another;
- 符际翻译 **intersemiotic translation** — translation of the verbal sign by a non-verbal sign, for example music or image.①

① Jakobson, Roman, “On Linguistic Aspects of Translation”, *On translation* 3 (1959): 30–39.

其中，语内翻译发生在同一语言内部，也可发生在语言各个变体之间，即改述（rewording、paraphrase）；语际翻译发生在两种语言之间，也是人们通常所说的翻译活动（translation proper）；符际翻译发生在语言系统和其他非语言符号系统（如音乐、图像等）之间，也被称为跨类翻译（transmutation）。从形式语言学的角度，我们也许会认为语际翻译才是translation proper，但是在符号学视角中，翻译的范畴要广泛得多。巴斯奈特（Bassnett）指出，翻译的核心定位是“语言活动”，但其实更恰切的归属应该在符号学：

> The first step towards an examination of the process of translation must be to accept that although translation has a central core of linguistic activity, it belongs most properly to semiotics, the science that studies sign systems or structures, sign processes and sign functions.①

这也提醒我们，符际翻译是翻译研究必不可少的一部分。一部剧本在剧院上演，一本小说被改编为电视剧，一首诗被创作为一幅画，这些比比皆是的现象，都是翻译研究可以关心的话题。翁贝托·艾柯（Umberto Eco）认为从符号学视角去研究翻译，出发点并非只是展示符际翻译的存在，而是要对这些

---

① Bassnett, Susan, *Translation Studies*, London and New York: Routledge, 2013, p.21.

现象做出解释。下面我们不妨看一个很有意思的符际翻译的例子，并对其略做解释。

梵高的名作《星夜》创作于1889年，这幅画构图夸张，将地面压得很低，远山构成的斜线与近景大树的突兀轮廓，将人们的视线引向天空。蓝色和黄色的明亮对比，以淡淡的薄荷绿调和，产生巨大的视觉冲击又实现微妙的平衡。天空中旋涡的笔触充满力量，旋涡深处，薰衣草紫和橄榄绿的互补又饱含温柔。梵高本人不曾解释过这幅画的创作缘起，多年以来艺术史研究者们对《星夜》的创作背景有众多推测，其中之一便是梵高创作的灵感可能来自惠特曼的诗歌：《星夜》这幅画的命名，很有可能来自惠特曼1888年《自我之歌》初版中的一行诗句："从正午到星夜"（From Noon to Starry Night）①。

① Werness, Hope B., "Whitman and Van Gogh: Starry Nights and Other Similarities", *Walt Whitman Quarterly Review*, 2.4 (1985): p.5.

梵高热爱惠特曼的诗歌。1889年9月，也就是《星夜》创作的那一年，在给妹妹的信中，梵高写道："惠特曼看到，将来甚至是现在，一个充满了健康、欲望的爱情，强烈而坦诚，一个充满了友谊、充满了工作的世界，就在这星光璀璨的伟大苍穹下，这样东西我们只可称其为造物主，或是俗世之上的自在永恒。"（"He sees in the future, and even in the present, a world of healthy, carnal love, strong and frank — of friendship — of work — under the great starlit vault of heaven a something which after all one can only call God — and eternity in its place above this world."）[①]

我们无意从艺术史学的角度，考据梵高《星夜》与惠特曼诗歌的影响，但不妨从符际翻译的视角，观察《星夜》与《自我之歌》中（Section 21）相关诗段之间的符号学关联。

Smile O voluptuous cool-breath'd earth!

Earth of the slumbering and liquid trees!

Earth of departed sunset — earth of the mountains misty — topt!

Earth of the vitreous pour of the full moon just tinged with blue!

Earth of shine and dark mottling the tide of the river!

---

① Meissner, William W., *Vincent's Religion: The Search for Meaning*, New York: P. Lang, 1997, p.160.

Earth of the limpid gray of clouds brighter and clearer for my sake!

From Walt Whitman, Section 21, "Song of myself"

《自我之歌》是惠特曼1891年《草叶集》开篇的第一首，也是最长的一首诗。爱默生（Ralph Waldo Emerson）从这首诗中看到，惠特曼成了一个真正的"美国诗人"，成了"美的言说者、命名者与代言人"。米勒（James Miller）则认为这首诗"戏剧化地呈现了一种神秘体验"①，可以被视为一首壮丽的史诗。在惠特曼的笔下，"自我"是灵与肉完美结合，与自然融为一体，与整个世界和谐统一而又相对独立。原诗第21段，描述了"被黑夜抱持的大地和海洋"，以上引用的这几行则重点描写了夜空下的大地。这几行诗采用了首语重复的同位对句结构，"大地"（Earth）反复出现在句首，被置于平行的祈使句之间，既增加了韵律的节奏感，也强化了祈使的语气。惠特曼笔下的大地静谧柔美，空气中氤氲着清凉气息，远方起伏着妖娆的地平线，树木生长，霁月如练，河水斑驳，薄云流转，反让夜空显得更加澄澈。

再回过来看梵高的《星夜》。大多数观众第一眼看到的，是黄色的星与橘色的月亮，云彩形成旋涡。梵高用丰富的色

① Miller, James Edwin, *A Critical Guide to Leaves of Grass*, Chicago: University of Chicago Press, 1957.

彩绘出夜空充满活跃甚至是不安的能量:“对我来说,晚上看来比白天更有活力,更有丰富的色彩。”夜空中不但有浓烈的紫色、蓝色和绿色,如果你仔细观察,你还会发现淡淡的柠檬黄,浅浅的珊瑚红,还有蜜橙和沙棕的光泽。如果我们把眼光下移,投向大地,则会发现画面的色彩较为冷暗,沉睡的村庄里隐隐透出几抹温暖的灯光,教堂的尖顶更添一抹安心。画的左边,大块孤立的暗色结构带来宁静,与天空汹涌的动力相互制衡。暗褐绿的柏树连接了大地与夜空,长期以来被艺评家认为是“生命之火一样直指天空”。要是我们和惠特曼的诗句相联系,用翻译研究者的眼光去寻找两者之间可能存在的对等(equivalence),尤其是可能给读者和观者带来相似感受的动态对等(dynamic equivalence),也许会看出柏树的形态不只像燃烧的火,也像是流动的水(liquid),不只是激情喷发,也有温柔满溢。空气中的那些丰富的色彩,尤其是散落其中的那些柠檬黄、薄荷绿和勿忘我的浅紫,何尝不正散发着“清凉气息”?凝视远方起伏的地平线,是不是感受到了怦然心动的妖娆(voluptuous)?更不用说那满月周围点染的蓝色,难道不是“tinged with blue”最直接的呈现?

《星夜》与《自我之歌》的相映成趣,远不止这一段对大地的描绘。关于夜空、星星与月亮,草叶与树木,诗人和画家之间都发生着秘密的对话,两部艺术作品的主题和命意也在遥相呼应。而这一切,就等待有心的你自己去发现吧。

无用之用　其乐无穷

“文学之用”是一个复杂而有争议的话题。一方面，我们承认文学之用：文学可以“兴观群怨”（孔子），可以成就“经国之大业，不朽之盛事”（曹丕），可以带来“大的快乐”（德谟克利特），可以“净化（Catharsis）人心”（亚里士多德）。另一方面，我们又会强调文学的独立与自由：“知无用，而始可与言用”、“无用之为用”（庄子），“为诗而诗”（爱伦·坡）。

“翻译之用”相形之下就显得简单多了。毕竟，大多数情况下译者都不会“为译而译”，译者本人貌似是最不需要译文的那个人。从一开始，翻译就预设了接受语境的需要，预设了读者的需要，因此翻译活动本身带有鲜明的功用性和目的性。与之相对应，翻译策略的选择也往往要受制于特定情境下的翻译目的。

20世纪70年代，德国的赖斯（Katharina Reiss）、汉斯·费米尔（Hans J. Vermeer）、贾斯塔·赫兹·曼塔利（Justa Holz-Manttari）和克里斯蒂安·诺德（Christiana Nord）等学者提出了功能学派翻译理论（Skopos Theory），认为翻译的最高法则就是目的法则，翻译行为是由其目的所决定的。克里斯蒂纳·舍夫纳（Christina Schäffner）指出，功能学派的翻译理论体现了我们对于"翻译"这一概念的理解从过去语言学主导的范式，转向以功能和社会文化为导向，这一转向背后，吸收了传播学、行动研究、文本理论以及读者接受论等不同理论的洞见。[①]

巴西学者罗斯玛丽·阿罗约（Rosemary Arrojo）曾经在课堂上请她的学生翻译一张贴在冰箱上的便签：

> This is just to say I have eaten the plums that were in the icebox and which you were probably saving for breakfast. Forgive me, they were delicious: so sweet and so cold.[②]

学生们都不知道，这其实是20世纪美国著名意象派诗

① Schäffner, Christina, *Translation and Norms*, Bristol: Multilingual matters, 1997, p.235.

② Arrojo, Rosemary, "Writing, Interpreting, and the Power Struggle for the Control of Meaning: Scenes from Kafka, Borges, and Kosztolanyi", *Translation and power* (2002): 63–79.

人威廉·卡洛斯·威廉斯(William Carlos Williams, 1883—1963)于1934年创作的一首小诗。

This Is Just To Say

by William Carlos Williams

I have eaten
the plums
that were in
the icebox

and which
you were probably
saving
for breakfast

Forgive me
they were delicious
so sweet
and so cold

文本完全一样,但由于预设了不同的文本功能,读者阅读方式迥异,翻译的方式也会大不相同。阿罗约由此得出结论,文本并没有先在的意义，预设的文本功能使得读者采取不同的阅读策略，译者眼光是重塑原文的重要因素，翻译的任务也因此而充满了政治意味。

在我的翻译课堂上，我也做了同样的试验。不告诉同学们这是一首诗，并且故意用图片误导大家这是粘在冰箱上的易事贴，请大家来翻译这段英文。同学们刚刚学习了功能翻译理论，知道翻译策略可以和特定语境及文本功能相匹配，创意无限的年轻人用活泼的语言，写出了五花八门的译文。

有的中规中矩："对不起，我把冰盒里的李子吃掉了。您大概原本是留着想当早餐的。请原谅，可它们又甜又冷，实在是太好吃了。"

有的客客气气："不好意思，冰箱里的李子我吃了。不知道你是不是本来要当早餐的，可是凉凉的甜甜的实在太好吃了。"

有的熟不拘礼："李子我吃了。好吃得很。兄弟，早餐你就将就吃点别的吧。"

有的亲热卖萌："冰箱里的李子我吃啦，甜甜哒，好好吃呀！ 不知道是不是你的早餐？下次赔一盒给你！"

更有甚者，用上了淘宝体"亲，李子我吃了，五星好评哟！"，还有舌尖体"睡眼惺忪，随手拿起冰箱里的李子，冰凉与甘甜的口感瞬间在口中绽放，早晨的阳光便就此来到"……读之令人忍俊不禁。

当我揭晓原文并不是一张易事贴便签，而是威廉斯的一首现代诗，大伙儿就忍不住起哄了："什么？这也是诗？！"

的确，猛一看上去"This is just to say"实在是太口语、太日常、太随便了，没有遵循抑扬格或其他成规律的节拍模式。童庆炳先生主编的《文学理论教程》中，曾分析过威廉斯这首诗，认为原本"毫无审美意味或诗意"的句子，一旦分行，"任何稍有耐心的读者都可能会'读'出其中回荡的某种诗意"[①]。对此，我始终存疑。

不分行的"This is just to say"，真的只是几句司空见惯的、毫无审美意味的句子吗？日常生活中，我们真的就是这样写便签的吗？如果直译成中文，难道不会让人觉得奇怪吗？

同学们回想自己翻译的时候，其实也发觉这个文本很奇特，不太像一个实用的日常留言。写便条往往会开门见山有事直说，不会啰唆这一句"This is just to say"。接着，解释简单事情用上嵌套的复合句，读起来很拗口。另外，偷吃了别人的东西，最后还那么投入地回味无穷，写在留言中也显得相当奇葩。更细心的同学还会发现，原文的用词也太讲究，不像日常用语："probably"发音太绕口，用"forgive"去求原谅未免小题大做，结尾段摩擦音太多，听上去很不自然。这些反常点，恰是同学们预设了"实用便签"的翻译目的后，在自己的译文中过滤掉的细节。在发现这原来是一首诗之后，这些都变成了译者应该首要考虑保留的诗学形式特征。

---

① 童庆炳主编：《文学理论教程》，北京：高等教育出版社，2004年，第54—56页。

斯坦利·费什（Stanley Fish）曾说，是读者的“读诗的眼光”（poetry-seeing eyes）让文本成为诗。[①]文本的意义既不是确定的（fixed），也不是稳定的（stable），而是在读者的识别活动中实现的。读者会依靠“阐释共同体”（interpretive communities）的阅读策略，对文本进行阐释、体验，之后这个文学作品才会发挥效力，成为真正的作品。这也是费什“意义即事件”的观点。

翻译总是由阅读和重构两个部分组成的。阿罗约的实验强调译者在重构译文中扮演的角色，从而凸显了翻译的政治之用；我的课堂实验却似乎更多验证了翻译中阅读原文的意义。同学们即便被误导，把翻译当作便签，他们在翻译中依然经历了各种犹疑，恰在这些斟酌的地方，在译文过滤、留白和删略之处，他们其实已经识别出了原文偏离日常用法的、陌生化的、反常的诗学元素，无意中比一般读者更接近了原文。

翻译活动一旦开始，哪怕还没有完成，甚至最终也没有得到令人满意的译文，但对于译者而言，就已经是一次意味深长的“事件”。以翻译为目的的阅读，提供了进入原文最玄妙处的一次契机。这也许便是翻译不太为人所知的“无用之用”吧。

---

① Fish, Stanley, “How to Recognize a Poem When You See One”, *Is there a text in this class* (1980): 322–337, p.326.

伪译与创作

《在地铁站内》(*In the Station of the Metro*)是20世纪著名美国诗人埃兹拉·庞德(Ezra Pound)的成名之作。全诗仅有两行诗句,十四个单词,却通过运用意象叠加的手法,把阴暗拥挤的地铁站和其中几个苍白而美丽的面孔巧妙叠合,并与雨后黝湿枝头上娇艳的花瓣复合定格在一起,引起读者无尽的联想。这首短诗简洁、凝练,意象鲜明而突出,可谓意象派诗歌的经典作品。

与《在地铁站内》一样所广为人知的,是庞德创作这一诗歌的过程。在1916年的回忆录中,庞德写道:

> 三年前在巴黎,我在协约车站走出了地铁车厢,突然间,我看到了一个美丽的面孔,然后又看到一个,又看到

> 一个，然后是一个美丽儿童的面孔，然后又是一个美丽的女人，那一天我整天努力寻找能表达我的感受的文字，我找不到我认为能与之相称的，或者像那种突发情感那样可爱的文字。那天晚上……我还在努力寻找的时候，忽然找到了表达方式。并不是说我找到了一些文字，而是出现了一个方程式。……不是用语言，而是用许多颜色的小斑点。……这种“一个意象的诗”，是一个叠加形式，即一个概念叠在另一个概念之上。我发现这对我为了摆脱那次在地铁的情感所造成的困境很有用。我写了一首三十行的诗，然后销毁了，一个月后，我又写了比那首短一半的诗；一年后我写了这首日本俳句式的诗句。①

其实早在三年以前，庞德已经在《我如何开始》（“How I Began”）一文中说到过这一作品的创作过程，其中特别提到了诗人如何想到使用日本俳句这一诗歌形式：

> 只又过了一晚，我还在思考要如何讲述自己的经历，突然想到在日本，在那个不以篇幅来衡量艺术品价值的国度，在那个认为只要安排巧妙、断句得当，十七个音节也足以被称为诗歌的国度，有人也许会写一首短诗，翻译过来就是：

① 黄晋凯等主编：《象征主义·意象派》，北京：中国人民大学出版社，1989年，第150页。

The apparition of these faces in the crowd:
Petals on a wet, black bough.

在那里，或在其他一些非常古老、非常安静的文明中，还有人也会明白其中的诗意。①

作者畅谈自己的创作经历并不是一件罕事。莫里斯·布朗肖（Maurice Blanchot）就曾在76岁高龄的时候，回顾自己五十多年前的写作经历（见“After the Fact”）；而爱伦·坡的名作《创作哲学》（*The Philosophy of Composition*），更是成为理解其诗歌《乌鸦》（*The Raven*）不可或缺的重要文献。在后结构主义思潮的影响下，说到诠释作品的意义，作者地位已不如往日那么风光，罗兰·巴特（Roland Barthes）甚至直接宣布“作者已死”。无论如何，对于作品的创作过程，作者始终还是有绝对的发言权。以上所引的两段文字，不一定能让我们更好地理解《在地铁站内》一诗所表达的意义，但却可以让我们窥见庞德诗歌才华和技艺的来源。

最让人吃惊的也许是庞德的那一句：“有人也许会写一首短诗，翻译过来就是：The apparition of these faces in the crowd:/Petals on a wet, black bough.”为什么诗人要将自己的作品，这样一首已经被认为是意象主义压轴之作的诗歌，

① Pound, Ezra, “How I Began”, T. P.’s Weekly 21 (June 1913).（该句为本书作者译。）

当作“翻译过来”的呢(在英文原文中,庞德明确使用了“translated”一词)? 难道庞德没有意识到“原创性”在西方诗歌史上的地位吗? 难道他不了解传统观点中译者和诗人之间的地位有多悬殊吗?

当然,庞德的叙述无损于《在地铁站内》在西方诗歌史上的原创地位,虽然他本人声明,他只是翻译了一位虚构的日本诗人的俳句。翻译界的学者对翻译虚构作品的行为有特定的术语:伪译(pseudo-translation)。作为一种戴着假面的创作,伪译处于翻译与创作研究的灰色地带。随着研究方法由规范走向描述,翻译研究的对象被定义为“一切被当作是翻译的东西”[①],而伪译也终于正式登上了翻译研究的舞台。有专家指出,由于某些文化、诗学,或是意识形态的约束,无法对某些题材进行描写,或无法运用某些诗歌的形式,把自己标榜为“莫须有”的外国作家,可能是最方便的选择。博尔赫斯(Jorge Luis Borges)可谓这一做法的大师。他的作品,特别是短篇小说,惯于引经据典,并且也会引用虚构出来的外国著作和作家。有评论家认为,这是为了造成一种真假莫辨的艺术效果,但从另一个角度看,也可以认为这只是博尔赫斯借用了虚构的人物和背景,说出自己思想的方式,因为这些念头和想法,常常过于离经叛道或是稀奇古怪,以至于作者不知道如何表达。这和庞德创作《在地铁站内》的过程是一致的:在潮

① Toury, Gideon, *Descriptive Translation Studies and Beyond: Revised edition*, Vol. 100, Amsterdam: John Benjamins Publishing, 2012, p.23.

湿阴暗的地铁中所偶遇的苍白面孔使诗人为之震动，这一经历虽然不会与所谓的诗学或意识形态标准相悖，但却相当奇特而意外，无法用诗人所熟悉的语言来表述。他尝试了英语，尝试了意大利语，甚至还设想用泼彩的画面来记录自己的感受。但是所有的媒介似乎都不足以再现最初的经历。庞德最终想到了短小而精练的日本俳句。严格来说，《在地铁站内》并不是真正的俳句，因为形式上俳句有三行，第一行五个音节，第二行七个，第三行五个。虽然形式上有所出入，但是我们似乎可以想象，若是真有一首日语原作的话，那一定是以俳句的形式写成。这一紧凑而韵味悠长的日本诗歌格式，为再现庞德在地铁站内的所见所感提供了最佳可能。

庞德并不懂日语，但是他翻译过许多日本俳句，就像他不懂中文，但却翻译了许多中国古诗一样。他能够想象那种古老而安静的文明，可以想象那种文明所酝酿的诗歌，穿越时空被翻译成英语，将会带来怎样“陌生化”的诗意。这种特别的诗歌形式，虽然经过了变形，但读起来依然是奇怪的、非英语的。我们甚至不必远溯日本，来读出《在地铁站内》一诗的“翻译腔”。这首诗的题目“In the Station of the Metro”在语法上似乎更接近法语，那个最初带给诗人这一奇特经历的国家所说的语言。而诗中最让人着迷和疑惑的那个词——“apparition”——在英文中被理解为鬼魅或幻影；但如果回到法语的环境中，更加能够让人体会到幻影出现那瞬间的出人意料和震动。

毕竟，诗歌语言就是一种探索的、试验的语言。庞德自己的实践，也正是将翻译看作语言的探索。他曾说过，翻译吉多·卡瓦尔康蒂（Guido Cavalcanti）的作品之困难，不是因为意大利语的特别，而是因为维多利亚时期英语“死气沉沉的外表”。他认为自己的任务不是把吉多带入英语，而是要绞尽脑汁让英语能负担得起吉多的诗歌。事实上，他的努力不仅让英语能够负担起吉多的诗歌，而且让英语也负担起了来自中国、日本的古代诗歌。也正是因为庞德诗歌翻译的背景，我们可以更好地理解庞德为何解释自己的《在地铁站内》一诗是从日本俳句“翻译”过来的。他这样说不仅仅是打了个比方，把诗歌创作比作一种翻译的过程，而更重要的是想告诉读者，他的诗歌创作和翻译的过程，其实常常是合二为一的。

用庞德自己的话来说，翻译对于诗人来说是“很好的训练”，因为通过翻译，我们会发现被翻译的诗歌在“发抖”（wobble）。[①]这让我们不由自主地想起了雅克·德里达（Jacques Derrida）说过的一个比喻。诗歌在自己的语言里蜷缩起来，就像一只在公路旁为了自我保护而蜷缩起来的刺猬。[②]对德里达来说，这条忙碌而繁杂的公路就是翻译，而在路边瑟瑟发抖的刺猬就是一首诗，哭着哀求企图移动它的译

① Pound, Ezra, *Pavannes and Divisions*, New York: Knopf, 1918.

② Attridge, Derek, “Introduction”, in Derrida, Jacques, *Acts of Literature*, (Ed.) Derek Attridge, New York: Routledge, 1992, p.22.

者："翻译我吧，但是无论你做什么，不要翻译我！"[1]这句典型的德里达式的呼唤让任何一个企图翻译诗歌的译者都不知所措，而它只是重复了历史上几乎所有诗人——从但丁、蒙田、伏尔泰、狄德罗、歌德，乃至弗洛斯特——都了解的悖论：诗歌是不能够被翻译的，但诗歌又是不能够不被翻译的。

我们说一首诗歌是不可译的，事实上就是在承认它是诗。弗洛斯特的名言"诗就是在翻译中所丧失的东西"在这里成了无可辩驳的真理。如果一首诗在翻译中不会有任何损失，如果它不会在翻译中"发抖"，那么它还能被称作诗吗？然而诗歌的译者们从来不曾停止过尝试，在捧起那只刺猬的时候，他们的手不可能不被刺伤；而那种疼痛却使他们的翻译最终成为可能。在被异域的诗所刺伤的同时，真正优秀的译者学会了回顾自己的语言，发掘出其中被遗忘的宝藏。庞德一生多次著文谈到诗歌的技巧。但是正如同他自己所声明的：Mais il faut d'abord être un poète!（首先，你得是个诗人！）如果你不是诗人，那么技巧对于你，又有什么用呢？庞德没有直接告诉我们他成为诗人的秘诀，但是他《在地铁站内》背后的故事，似乎已经说明，并不是诗人才能进行诗歌翻译，恰恰相反，我们在诗歌翻译中又成了诗人。

中国现代诗人，对这一点应该有更为深刻的体验。冯至，曾被鲁迅称誉为"中国最为杰出的抒情诗人"。他告诉我们

---

① Derrida, Jacques, *The Ear of the Other*, Lincoln and London: University of Nebraska Press, 1982, p.103.

他与十四行诗的因缘，是“由于一个偶然的机会翻译了一首法语的十四行诗”[①]。冯至和德国诗人里尔克的神交更是早为中国新诗界所称道。作为里尔克最优秀的中国译者，冯至告诉我们，他的翻译是拙劣的，只是一种“中文的套写”，使得里尔克的“呼吸”读起来不像十四行诗了；但是同时，他也告诉我们，正是由于受到里尔克最自由、最变格的诗体的启示，他才“放胆写我的十四行”[②]。而另一位来自西南联大的校园诗人穆旦，受到西方现代派诗歌的影响如此巨大，以至于诗歌批评家们认为，穆旦的好处就是他的非中国性（王佐良、谢冕）。虽然也有批评家认为，穆旦的“西化”是他致命的弱点，而对“西方”的崇拜构成了20世纪中国“最深隐的迷思”（江弱水）。在这里出现的是另一个悖论，对于后殖民时代的少数族裔来说，成为一个挥之不去的阴影：在充满翻译文本的时代，如何用自己的声音来言说？这一篇文章还不能回答这样沉重的问题，但是庞德、冯至、穆旦这些诗人和他们的诗歌，似乎给了我们足够的信心，去相信拥抱他者的结果并不是自我身份的丧失，探索我们自己语言的边际，也不意味着异质的侵袭。虽然有的时候，诗人语言的探索不一定成功，但是成功的希望和成功会为我们打开的那个奇妙世界，让译者和诗人们不断尝试，从不懈怠。那么让我们记住庞德的《在地铁站内》：

① 冯至：《我和十四行诗的因缘》，见《寻找另一种声音》，北京：外国文学出版社，2003年，第220页。

② 同上，第224—225页。

The apparition of these faces in the crowd:
Petals on a wet, black bough.

更让我们牢牢记住穆旦的《出发》中脍炙人口的诗句：

就把我们囚进现在，呵上帝！
在犬牙的甬道中让我们反复
行进，让我们相信你句句的紊乱
是一个真理。而我们是皈依的，
你给我们丰富，和丰富的痛苦。

翻译，尤其是诗歌翻译，无疑是痛苦的。即便是天才的诗人，在遭遇语言的屏蔽的时候，写下的也许只是一些看似“紊乱”的语句。然而在拥抱了这一痛苦的同时，他们也拥抱了这一痛苦所带来的丰富。这样丰富的痛苦，让我们更清晰地了解了自己的语言，自己的世界，并让细心的读者最终有幸见证了诗人的诞生。

莱布尼茨的十四个问题

17世纪来华传教士不但为中国带来了西学的一波浪潮，也通过他们的笔墨，把遥远东方这个神秘的国度及其文化传往西方。当时欧洲对中国有无限的想象和兴趣，其中兴趣最大的，可谓对汉字的好奇。

在联合国教科文组织公布的世界十大难学语言中，汉语名列榜首，第二名希腊语，第三名阿拉伯语。相比之下，英语简直是小儿科。在英国读书的时候，发现别人听不懂的时候会说"speak English!"，意思就是"说英语！"（简单明了一点！）；要是想说"你说的太难懂了"，就说"it's all Chinese/Greek to me!"（对我来说，这简直就是中文/希腊语！不懂啊！）。

但是总有一些无知无畏者。例如德国17世纪柏林教会的会长米勒（Andreas Müller，1630—1694），居然声称自己解开了汉字奥秘，发明了“中文钥匙”（Clavis Sinica），能让所有人在一个月之内学会汉语，简直石破天惊。不过，这个研究从来没有发表，据说是他自己一把火把手稿全部烧了，但也有人说他的手稿被仆人偷偷拿出去卖了。我却觉得，更大可能是这个研究根本没有做出来，完全是子虚乌有。当时米勒在勃兰登堡选帝侯（后来的普鲁士第一位国王）腓特烈·威廉（Fruedrich Wilhelm，1620—1688）的赞助下进行汉语研究，多半是夸大了自己的“研究成果”，希望圈多一点“研究经费”，而最后并没有真正合格的“研究报告”提交出来。

然而米勒所吹的牛还是流传了出去，“影响力因子”一点也不小。莱布尼茨对中国和中文一直有着浓厚兴趣，听说米勒的“中文钥匙”后，十分好奇。他在给朋友埃尔斯霍茨（Johann Sigismund Elsholz）的信中，一口气向米勒提了十四个问题。莱布尼茨尊米勒为“真正的汉学家”（eigentlicher Sinologe），想必提这些问题的时候，也是毕恭毕敬的，经过三思的。可是，米勒压根儿也没有理会过莱布尼茨。莱布尼茨大概很失望，后来在给白晋（Joachim Bouvet）的信里面，叹息过米勒之死和“中文钥匙”的失去。

当然，这并没有阻止莱布尼茨在探究文字秘密的道路上越走越远，以至于从《易经》阴阳里得到对自己二进制设想的肯定。学界对于莱布尼茨和汉学界的来往与思想关联，已经有相当多的关注。但对他给米勒提出的这十四个问题，却没有太多在意。这也许是因为米勒没有作答，又或者是因为这些问题到现在也未必有答案。

然而，有时候我们得承认，问题比答案更重要。天才如莱布尼茨，在和中国文字的相遇中，他都在想什么呢？

他想要知道：

第一，这部词典是否准确无误，人们是否能够像读我们的字母a、b、c或数字一样去读它，或者是否有必要偶尔加一点解释，就像有时加示意图那样。

第二，众所周知，由于中国的文字不是表示话语，而是表示“东西”“事物”的，因此我想知道，“汉字”是否总是按照事物的性质创造的。

第三，是否所有文字都可以回溯到一些确定的元素或基本的字母，是否从组合中还能形成其他的汉字。

第四，人们是否把不可见的事物借助于同有形的、可见的事物的比较带到某种确定的形式之中。

第五，中国文字是否全部通过人造生成，且随着时间的演进不断增长，甚至不断改变。

第六，中国人的语言是否像一些人那样，也是通过人创造的，从而使人们可以找到理解这种语言的某种确定的秘诀。

第七，米勒先生是否认为中国人自己不知道他们文字的秘诀。

第八，米勒先生是否认为这种文字可以顺利地引入欧洲并带来用处。

第九，创造出这种文字的那些人是否理解了事物的性质，并且从理性精通。

第十，表示如动物、野草、岩石这些天然事物的汉字，是否同这些事物的特性有关，以便某个字同其他字能有所区别。

第十一，人们是否能够以及在多大程度上从汉字学习到它的含义。

第十二，拥有解释中国文字的词典并借助它工作的人是否可以懂得用汉字写成的关于某些主题内容的全部文字。

第十三，拥有这部词典的人是否也能用中文写点什么，并且使有文化的中国人能够读懂和理解。

第十四，如果人们想根据这本词典向不同的中国人诉说一些用我们的语言写成，用汉字逐字注音的事情（例如，一桩祈祷的“主祷文”），那么，人们是否可以充分了解所涉及的相同内容。①

这里面有些问题，带着莱布尼茨对“中文钥匙”的好奇。比如问题一、十二、十三、十四，看得出一种迫不及待的热情，他恨不得通过神奇的“中文钥匙”，立刻掌握这种文字。中译本里把“Key”翻译成“词典”，不合适。米勒的“中文钥

① 安文铸等编译：《莱布尼茨和中国》，福州：福建人民出版社，1993年，第126—127页。

匙”——Key到底是什么，暂时还没有人知道，但至少不应该是“词典”那么简单。这个Key已然失去了，这里也就不纠结。

莱布尼茨还有一些问题带有人类学式的、对中国文字的好奇。例如问题二、三、四，都是针对中国文字的经验特征提出的。尤其是第二个问题，体现出当时欧洲对中国文字的普遍理解：中国文字是具备及物性的文字，直接表意而不需要借助语词。莱布尼茨早年在博士论文《论组合术》中，曾设想普遍表意文字系统，认为该文字应该能够像数学符号一样具有推演的功能，通过符号之间的组合变换来展示思想的流变。中文以象形为初文，通过初文组合构字的办法，让莱布尼茨极为叹服，将其看作通用字符的某种现实模板。这也许解释了为什么他在问题十、十一中，进一步追问中文及物性特征，想知道该文字是否能够呈现复杂事物特性，乃至思想推演。

莱布尼茨对中国文字的兴趣，源于他对一种通用字符体系的构想：及物、指事、呈现思想，如同数学运算一样精确规范。但他的通用字符是理念上的构想，非现实上的需要。中国文字或是任何文字，在现实的使用中，都没有可能也没有必要担负起这样的责任。

让我更感兴趣的，并非莱布尼茨建构通用字符体系的野心，而是他对有异于口头语言的书写文字传统的敏感。问题五尤为关键。我没有校对这个问题的德文，如果英文译本没有错的话，现在的中译本“中国文字是否全部通过人造生成，且随着时间的演进不断增长，甚至不断改变”，出现了很严重的误译。正确的译文应该是:“中国文字是否通过人造生成?还是和大多数语言一样,随着使用变化发展?”

莱布尼茨这个问题甚至并非针对中文本身,而是在更普遍意义上,针对欧洲口述语言的“他者”,区分了“书写文字”(script)与“口述语言”(speech),并指出两者源头的区别。书写文字的源头是“art”——人为、有意识的创造;口述语言的源头是“usage”——惯例、无意识的使用。有意识的人为创造才有可能找到破解的钥匙,而惯例和无意识的经验积累是没可能破解的。在问题六中,莱布尼茨甚至好奇,中国的语言(speech)是否也是人造的,也可以有破解的Key。接下来是问题七、九,莱布尼茨继续为中国人操心:他们手上的宝藏,他们自己有没有开启的钥匙?

莱布尼茨从一个哲学家和数学家的角度去看中国文字,希望找到那把解密表意字符的钥匙,以最大限度接近符号逻辑。但是在更广泛的文字使用上,却是相当狭隘的。德里达曾经相当尖锐地批评莱布尼茨的中国文字观,认为它只不过是一种“欧洲的幻觉”(European hallucination),一种“偏见”(prejudice),而其基础与其说是“误解”(misunderstanding),不如说是“无知”(ignorance)。这个批评尖锐而精当,亦符合史实:17世纪欧洲汉学,不乏一知半解甚至是无知而想当然。莱布尼茨把中文当作一种非语音的、人工的、完全独立于历史的语言,正如德里达的批评,是出于无知的想象,是自我中心的幻觉,是源于自己建构通用文字符号的野心,力图以书面文字传统对抗口头语言传统，避免后者带来的模糊性和修辞对哲学思辨的侵蚀。

也许就是这个原因，德里达在批评西方对于中国文字的“偏见”和“幻觉”的时候，却给费诺罗萨（Fenollosa）和庞德（Ezra Pound）以极高的评价，认为他们在中国文字影响下形成的“不可再简约的图像的诗学”（irreducibly graphic poetics），是对西方传统最大的突破。当然，德里达也算不上懂中文，黄运特调侃过德里达的这个说法，说一个人要是真的懂中文，大概就知道中文里面没有什么不可以再简约的。话虽如此，德里达对莱布尼茨、费诺罗萨和庞德的评价，是有道理的。虽然他们都同样为中文的象形特征、及物性而倾倒，但是莱布尼茨对中文的关注带有明确的哲学指向，而费诺罗萨和庞德的指向是诗学的：费诺罗萨最著名的作品《作为诗歌媒介的中国书写文字》（*The Chinese Written Character as a Medium for Poetry*），标题就是最好的证明。

在这本书的开头，费诺罗萨说：“My subject is poetry, not language, yet the roots of poetry are in language. In the study of a language so alien in form to ours as is Chinese in its written character, it is necessary to inquire how those universal elements of form which constitute poetics can derive appropriate nutriment.”[①]讨论的主题是诗歌，并不是语言，但

① Fenollosa, Ernest, et al., *The Chinese Written Character as a Medium for Poetry: A Critical Edition*, New York: Fordham University Press, 2009.

诗歌必须根植语言。从语言的角度，费诺罗萨明确认识到中国文字的书写和西方语言在“形式”（form）上是迥异的。而“形式”本身是构成诗学的“普世性”元素，那么西方可以从中国诗学里得到什么滋养呢？

费诺罗萨认为，中文作为视觉性的象形文字，记录了原始自然的事物以及视觉过程。最有名的两个例子“人見馬”“日昇東”①，都好像生动的速记，蒙太奇的画面，以形象为主，阅读体验又有实时切换的时间感。庞德在整理费诺罗萨的遗稿中，接受了相关的观点，认为中国文字是词与物相互结合得最理想的表意文字。一改之前汉学家翻译的意译风气，庞德开启了以汉字诗学的角度去重新解读中国典籍的风气。

从莱布尼茨到庞德，对中国文字的解读发生了指向与关注点的变化：指向（orientation）从哲学理念转向诗学方法，关注点从文字的源头转向文字的使用。莱布尼茨把中国文字看作“书写文字”（script），与“口述语言”（speech）不一样，并且将两者源头区别为“art”和“usage”，这一观点没有错：“书写文字”确实需要人工发明，而且往往是权力的产物和工具；“口述语言”更多依靠约定俗成，可被视为自然演化的结果。但这个观点也并不完全就是对的——或者说有效的、有解释力的。文字也好，语言也好，不管从哪里来，最后都是要拿来

① 庞德认为“人見馬”这三个字里，“見”字上半部的“目”，将观察主体与客体相互连接为流动的视觉画面；而“日昇東”三个字能形象表示“日”的移动。庞德用这两个例子阐释了他所倡导的蒙太奇式的汉字诗学。

用的，其使用的重要性绝不亚于起源。

并且，起源有可能是无法确定的。中国文字的起源，是甲骨上的卜辞，还是更远的陶符？陈梦家曾说自己“疑心文字是商民族特有的文化”，但又说“在它（武丁）以前，应该至少有五百年左右发展的历史”。各种视觉符号之呈现，与人类的口述表达发展之间，必然发生千丝万缕的关联。一个完善的文字系统之诞生，定然要经过漫长的孕育，这个过程本身，既有人工的“art”，也有反复的“usage”。区分终将徒劳。

“源头”与“河流”，毕竟是不可分的。河流会分汊、交汇，“源头”会被不断发现和定义。而且一旦踏入河流，就有可能会发现水流的形态、沿河的风光往往比起源更值得关注。就如同通过乐府和唐诗走进中文的费诺罗萨和庞德一样，从诗学的领域，对文字有了更接地气的、符合具体文化语境的理解，也得到更多的趣味。

毕竟，中国文字之美妙，不在仓颉造字的一瞬间，而在千百年文人案头世界里延绵。《口述与案头》中，精妙指出了汉字本身所具有的案头性：一方面是与语言表述没有关系的纯粹书写，即便不为表意，书法艺术本身也是自给自足的审美行为；另一方面是与语言表述有关的、推动书面语离开口头语而形成案头表述的倾向。从卜人，到史官，到文人，是文字发展和使用的历史，也是中国文学发展的历史，文化发展的历史。①

① 林岗：《口述与案头》，北京：北京大学出版社，2011年。

莱布尼茨也许不屑深入具体历史情境，只愿意在理念世界里沉思书写文字起源的秘密。然而如果走进真实世界，必须追问的就会是文字和语言之所用，而非之所源。回到莱布尼茨的那十四个问题，我的回答是：米勒的“中文钥匙”，骗你的，哪有人一个月学好中国文字。那么多人，学了一辈子还在学。不过中国文字倒的的确确是一把钥匙，会打开历史积淀的“中文宝藏”。你看，费诺罗萨和庞德，不是寻到宝了吗？

一名之立，旬月踟蹰

术语的翻译是文化交流互动的前哨。术语，尤其是关键术语，是一种理论核心的结晶，术语翻译的转译涉及观念的移转，不同语言、传统及思想在这里直接互动与碰撞，意义的转化与新义的生成也在这里发生。因此，翻译中术语的厘定是一个十分特殊的环节，是引进新观念、新思维的重点所在。

我国著名翻译家严复特别重视厘定译名。1911年，在自己的翻译活动告一段落之后，严复曾谈到译名的重要性，指出“今夫名词者，译事之权舆也，而亦为之归宿”。换言之，没有正确的译名，整个翻译工作就会失去载体与依托，也就不可能表达原作的意旨。在《天演论·译例言》中，严复那句“一名之立，旬月踟蹰”，是我国译界广为人知的名言，也是严复严肃认真的翻译态度的写照。

严复译书之时，中西交流在范围上和程度上都相当有限，而中西文法的差异、文化传统的不同，更为术语翻译平添困难。很多西方的用语，在中文原有词汇中找不到对应之词，社会科学名词定义和术语翻译尤其困难。

严复在译词创制上，颇有心得。对于一般意义的词，他认为能把意思说明白，让大家看懂就可以了："但求名之可言。而人有以喻足矣"，又说"若既已得之，则自有法想。在己能达，在人能喻，足矣"。但是对于某些关键术语，严复则提出需要追本溯源，反复比较："盖翻艰大名义，常须沿流讨源，取西字最古太初之义而思之，又当广搜一切引伸之意，而后回观中文，考其相类，则往往有得，且一合而不易离。"[①]

严复所提出的这一方法，强调要追溯一个概念的最初使用领域、词源、语义延展以及假借的途径，并同时考察目标语境的相关词语，从而确保在翻译中传达它的确切含义。严复自己翻译的时候，也正是这样做的。一个突出的例子，是他在翻译英国思想家穆勒（John Stuart Mill，一译密尔）代表作《论自由》（*On Liberty*）一书的时候，对"liberty"一词的反复斟酌。严复在《群己权界论·译凡例》中首先指出"liberty"一词当时的中文翻译"公道"是错误的，并从词源、同义词、反义词三条线索，辅以英语词组的实际用法，锚定liberty的词义：

---

① 严复、王栻主编：《严复集》第1—5册，北京：中华书局，1986年，第519页。

> 或谓旧翻自繇之西文Liberty里勃而特，当翻公道，犹云事事公道而已，此其说误也。谨案：里勃而特原古文作Libertas。里勃而达乃自由之神号，其字与常用之Freedom伏利当同义。伏利当者，无罣碍也，又与Slavery奴隶、Subjection臣服、Bondage约束、Necessity必须等字为对义。人被囚拘，英语曰To lose his liberty失去自由，不云失其公道也。释系狗，曰Set the dog at liberty使狗自繇，不得言使狗公道也。公道西文自有专字，曰Justice扎思直斯。二者义虽相涉，然必不可混而一之也。西名东译，失者固多，独此大成，殆无以易。[①]

接下来，严复又“回观中文，考其相类”，回到中文语境去思考相关对应词“自繇”是否合适：

> 中文自繇，常含放诞、恣睢、无忌惮诸劣义，然此自是后起附属之诂，与初义无涉。初义但云不为外物拘牵而已，无胜义亦无劣义也。夫人而自繇，固不必须以为恶，即欲为善，亦须自繇。其字义训，本为最宽。自繇者凡所欲为，理无不可，此如有人独居世外，其自繇界域，岂有限制？为善为恶，一切皆自本身起义，谁复禁之？但自入群而后，我自繇者人亦自繇，使无限制约束，便入强权世界，

① 严复：《群己权界论·译凡例》，《严复学术文化随笔》，北京：中国青年出版社，1986年。

而相冲突。故曰人得自繇，而必以他人之自繇为界，此则《大学》絜矩之道，君子所恃以平天下者矣。穆勒此书，即为人分别何者必宜自繇，何者不可自繇也。[①]

严复看到在“自繇”背后隐含的“放诞、恣睢、无忌惮诸劣义”，担心在传统语境下会被人引以为据，因此引入“群”的概念，指出“人得自繇，而必以他人之自繇为界”，而这一群己关系的表达，不但和中国传统儒家絜矩之道相通，也恰是穆勒书中所希望厘清的核心问题。

经过这般词义考证，严复拈出“liberty”背后的几个核心概念：群、己、权、界，而定书名。值得一提的是，《群己权界论》最初的译名原本是《自繇释义》。在《群己权界论·译凡例》中，严复也交代了此稿译成后，因庚子之乱避往上海，书稿曾一度丢失，1903年复得的经历，不禁感触：“将四百兆同胞待命于此者深，而天不忍塞其一隙之明欤？”此番动荡，更让严复感到理性力量介入的重要性，以及个人自由之失控可能带来的危害，因此将书名中的“liberty”翻译为“群己权界”，是在词义训诂的基础上，结合译书当时的语境所做出的翻译决定。

严复提出的“沿流讨源，取西字最古太初之义而思之，又当广搜一切引伸之意，而后回观中文，考其相类”的方法，对

---

① 严复：《群己权界论·译凡例》，《严复学术文化随笔》，北京：中国青年出版社，1986年。

于翻译关键、难解的术语非常有价值。在1936年《东方杂志》上，贺麟先生《康德译名的商榷》一文对哲学译名翻译提出了四条原则，其中的第一条和第二条同样也强调了词义溯源和历史考证的必要性：

> 第一，译名要有文字学基础，即一方面须上溯西文原字在希腊文或拉丁文中的原意，另一方面须寻得在中国文字学上（如《说文》《尔雅》等）有来历之适当名词以翻译西词。
>
> 第二，要有哲学史的基础，就是须细察某一名词，在哲学史上历来哲学家对于该名词之用法，或某学史上如周秦诸子、宋明儒或佛经中寻适当之名词以翻译西名。①

马克斯·韦伯曾经提出，人是悬在由他自己所编织的意义之网中的动物（man is an animal suspended in webs of significance he himself has spun），在这个观点的影响下，文化人类学家克利福德·格尔茨也提出“所谓文化就是这样一些由人自己编织的意义之网，因此，对文化的分析不是一项寻找规律的实验科学，而是一种寻找意义阐释的科学”（I take culture to be those webs, and the analysis of it to be therefore not an experimental science in search of law but an

① 贺麟：《康德译名的商榷》，《东方杂志》，1936年，第182页。

interpretative one in search of meaning)[①]。

如果我们把眼光从社会、文化收回来，而聚焦于每个词语，我们就会发现词语的意义也都不是孤立的、悬浮于字典中的解释，每一个词语都有一个由词源、同义词、反义词、词类、功能、用法、语境等许多因素构建起的“意义之网”。因此，术语的翻译，其实就是一个在源语的“意义之网”中捕捉、打捞词义，再将其审慎地安置于恰当的目标语“意义之网”的过程。

中西交流发展到今天，很多术语已有定译。从1891年，益智书会狄考文、傅兰雅、李安德、谢卫楼、潘慎文等人开始统一科学术语的译名[②]，到严复等人译介西学中的“一名之立，旬月踟蹰”，再到民国以后，张颐、贺麟、唐钺、郑昕、蓝公武推敲黑格尔、康德用语，郭沫若、博古、吴黎平、王子野介绍马克思主义的哲学史术语，前人筚路蓝缕，以启山林，为中西学术交流铺平了道路。今天的译者可能不必时时如过去那般“只字未安，含毫几腐”（李天经评论李之藻译著《名理探》中语），然而，对定译的反思、新术语的厘定，始终都是翻译的任务，更是思想的任务。

---

① Geertz, Clifford, *The Interpretation of Cultures*, New York: Basic Books, 1973, p.5.

② 黎难秋：《中国科学文献翻译史稿》，合肥：中国科学技术大学出版社，1993年，第239页。

“凡字必有神采”

林语堂先生在《论翻译》一文中，指出翻译既要达意，还应传神：“语言之用处实不只所以表示意象，亦所以互通情感；不但只求一意之明达，亦必求使读者有动于中。”他提出“凡字必有神采”的主张，并且把这里的“神”定义为“一字之逻辑意义以外所夹带的情感上之色彩，即一字之暗示力”，又用德语“Gefühlston”、英文“feeling tone”来诠释他的“字神”之说。①

林语堂之前，茅盾曾谈及翻译不可失却“神气句调”，郭沫若也提出翻译必须不失原作的“风韵”。与他们的理论主张一脉相承，林语堂的“神采”说强调文学翻译的艺术再现，

① 林语堂：《论翻译》，《翻译论集》（罗新璋、陈应年编），北京：商务印书馆，2009年，第500页。

但特别之处在于，林语堂从“字”这个更小的语言单位入手，从语言学和心理学的角度去锚定神采之源。

刘勰《文心雕龙·章句》有云：“夫人之立言，因字（词）而生句，积句而成章，积章而成篇。”字（词）乃立言之“本”，“振本而末从，知一而万毕矣”。林语堂提出的“字神说”，也体现了对择字选词的重视。

在创作中择字选词，有时候会出现“文章本天成，妙手偶得之”的情况，但更多时候需要苦心经营和推敲。中国古典诗词为了在方寸之间曲尽其妙，更是形成了“诗要炼字”（元·杨载《诗法家数》）的风气和传统。“炼字”绝非雕虫小技，也不仅仅意味着个别字的精警华丽。王国维在《人间词话》中赞美“云破月来花弄影”着一“弄”字，而境界全出，又说“红杏枝头春意闹”着一“闹”字，而境界全出。这样的诗句以一二字之炼，传事物之神韵，体现了“炼字”的核心和极致是为了构境造意，达到作品整体浑然天成的美学境界。

英语中也有“炼字”（wordsmithery）的说法。乔治·帕斯顿（George Paston）在小说《作家生活》（1899）中，描写主人翁柯茜玛（Cosima）写作中对语言的掌控力，说她“把句子抛向空中，知道它们会像猫一样稳稳地四脚着地”，并且能够“精确地选词”（le mot juste）去表述自己，并塑造出血肉丰满、气韵生动的人物形象。[1]

---

① Paston, George, *A Writer of Books*, New York: D. Appleton, 1899, p.273.

在文学作品中，意义流畅完整和字词的锤炼推敲是密不可分的。一个知情会意的译者，也会反复体味“字眼”，不但要疏解表面的语义，还要考虑到深层的，乃至联想的意义，从而做出合适的选择。以李白的《送友人》这首诗为例：

青山横北郭，白水绕东城。此地一为别，孤蓬万里征。
浮云游子意，落日故人情。挥手自兹去，萧萧班马鸣。

这首诗至今有不下数十个名家译本，其中第三联最为脍炙人口，关于这句话的翻译，裘克安先生曾有精彩的评论。在这里我们暂且关注该诗起联一句的翻译：

青山横北郭，白水绕东城。

这一句看似写景，实则起兴，恰是王国维所说“有我之境，以我观物”。诗人将自己的主观情知投射于客观外物，客观的物境为主观的“我”而存在，青山、白水也传递着离情别意。中国古代诗话常说，“五言炼第三字”。一个“横”字，一个“绕”字，写出了山之绵延与水之深情，为全诗营造出依依不舍的送别情境。通过以下几个译本的对比，我们可以看到译者对于这两个字眼的不同处理及其对原诗意境重建的影响。

"Where blue hills cross the northern sky, /Beyond the moat which girds the town."

Tr. Herbert A. Giles

"With a blue line of mountains north of the wall, / And east of the city a white curve of water."

Tr. Witter Bynner

"Clear green hills at a right angle to the North Wall, / White water winding to the East of the city."

Tr. Amy Lowell

"Blue mountains to the north of the wall, /White river winding about them."

Tr. Ezra Pound

"Green mountains lie across the north wall./White water winds the east city."

Tr. Wai-Lim Yip

"Athwart the northern gate the green hills swell, / White water round the eastern city flows."

Tr. W. J. B. Fletcher

翟理斯(Giles)的翻译中,"绕"字被翻译成"gird"。这个词源自中古英语。最初表示"用腰带环绕",暗示装备好,准备战斗,这样的"环绕",用来形容护城河或者城墙都会很恰切,但恐怕难以让英语读者感受到"青山似欲留人住,百匝千遭绕郡城”的柔情。

宾纳(Bynner)、洛厄尔(Lowell)和庞德(Pound)三位译者都是美国意象派诗人,译文不约而同侧重勾勒这两句诗中的风景及其色彩,画面感很强,青山、白水、城郭的意象(image)历历在目,但没有呈现“横”和“绕”这两个字所营造的动态意象(imagery)。

叶维廉(Wai-Lim Yip)一贯强调直译,他的译诗基本与原文字字对应,此句中把“横”和“绕”译为“lie across”和“wind”,虽说是寻常动词,但也为画面增添了一些灵动。

佛来遮(Fletcher)将“横”译为“swell athwart”,“绕”译为“flow round”,一方面照顾了抑扬格五音步的格式,另一方面选词也相当用心。“swell”一词形象地再现了山势的雄伟、起伏、延绵,赋予了青山人性化的色彩;“flow round”写出了柔美的流水意象。

相较之下,叶维廉和佛来遮对这两个字眼的处理,传达了原诗动态且人性化的意象背景,很好地烘托了原诗送别友人时的感怀。

“炼字”表面上看来只是一种技巧,可正是反复的锤炼推敲,才造就了更高明的语言艺术。黑格尔在谈到希腊古典艺术的发展时曾说过:“所以古典艺术须处在一种熟练技巧高度发展的阶段,才能使感性材料听从艺术家的随意指使。……因为只有到了单纯的技艺不再成为困难和障碍的时候,艺术家才能致力于自由塑造形式。”[1]我们应该看到，在翻译中，译者在“炼字”上的功力和心思，同样也是必不可少的。只有把握了关键字的神采，才有可能再现更高层次上句、篇、章的“总意义”（Gesamtvorstellung）。

① 黑格尔：《美学》（朱光潜译），北京：商务印书馆，1997年，第173—174页。

天平与杆秤

林语堂先生说过，“凡字必有神采”；无独有偶，英国著名小说家毛姆（William Somerset Maugham）也曾表达过类似的看法：“Words have weight, sound and appearance; it is only by considering these that you can write a sentence that is good to look at and good to listen to.”毛姆强调“字词有重量、声音与外形”，在遣词造句上下功夫，最后写出的文字才会看上去悦目，听起来悦耳。[①]

毛姆所说字词之三方面，大致对应我们通常说的字词之“音”“形”“义”。陈望道先生在《修辞学发凡》中指出，“语言本身也便有形式和内容两方面，音形便是形式，意义便是内

---

① Maugham, W. Somerset, *The Summing Up*, New York: Random House, 2010, p.39.

容”[①]。作家写作选词炼字，对形式和内容往往做一体化的推敲；但是翻译则不一样。翻译本身就是语言载体的变化，译作中语言载体与所载信息之间的关系，很难如同原作中那般有机契合，译者往往只能将作品的内容作为优先考虑的对象。借用本雅明在《译者的任务》用到的隐喻：在原作中，内容和语言就像果实和果皮一样浑然天成；而译文的语言却像是一件皱褶宽大的皇袍，包裹着译文的内容。(While content and language form a certain unity in the original, like a fruit and its skin, the language of the translation envelops its content like a royal robe with ample folds.)[②]

对内容或者说对意义的关注，让译者在“weight”“sound”“appearance”这三者之间斟酌的时候，首要关注“重量”。16世纪法国启蒙时期的学者夏尔·巴托(Abbé Charles Batteux, 1713—1780)在*Principles of Literature*一书中，提出了翻译应该遵循的十二条规则。其中第十二条中也用到了“重量”之喻：

> Let him [the translator] take the scales, weigh the expressions on either side, poise them every way, he will be allowed alterations, provided he preserve to the

① 陈望道：《修辞学发凡》，上海：上海教育出版社，1979年，第39页。

② Benjamin, Walter, “The Task of the Translator”, *Illuminations*, ed. Hannah Arendt, trans. Harry Zohn, New York: Schocken Books, 1968, p.75.

thought the same substance, and the same life. He will act only like a traveller, who, for his conveniency, exchanges sometimes one piece of gold for several of silver, sometimes several pieces of silver for one gold.①

让他拿起天平，称量两边的表述，用各种方式平衡它们。改变是可以的，前提是他为思想保留了相同的内容和生命。译者就像一个旅行者，为了方便起见，他有时用一枚金币换几枚银币，有时用几枚银币换一枚金币。

在巴托看来，译者必须手持天平，反复掂量原作和译作，以期在两者之间实现平衡；又将译者看作旅行者，将翻译的任务比作旅途中不得不进行的银两交换。我们如今周游世界，往往也需要兑换货币。不过如今换钱，总有汇率参照，十分便捷规范，以至于我们也许都忘记了古代人反复掂量银两的小心谨慎。毕竟，真金白银的“重量”是和“价值”紧密关联的。

不过，有意思的是，称重也有两种办法，我们可以用“天平”，也可以用“杆秤”。在雅典国家考古博物馆（National Archeological Museum）中，有一套非常精致的青铜天平秤与铅制砝码，出土于希腊埃夫罗塔斯河（Eurotas）右岸拉科尼亚（Laconia）的瓦斐奥古墓（The Vapheio Tholos Tomb），历史可

① Batteux, Charles, *A Course of the Belles Lettres, Or, The Principles of Literature*, Ann Arbor: Proquest LLC, 1761, p.56.

以追溯到公元前15世纪。根据展品说明,这套天平有可能是实用的,也可能是用以称量死者灵魂重量的法器。

在中国,春秋晚期天平与砝码的制造技术也已经相当成熟,以竹片为梁、丝线为提,两端各悬一铜盘。天平上的砝码,称为“权”,保持水平的横木为“衡”,“权衡”的本意,就是测量轻重。

天平称物始终比较麻烦,尤其是重物的称量更是困难,因此改进而出现了“铨”。《广雅·释器》曰:“称谓之铨。”《淮南子·齐俗训》记载“夫挈轻重不失铢两,圣人弗用,而县之乎铨衡”。“铨”就是杆秤,是比天平更方便的衡器。

布罗代尔在《15至18世纪的物质文明、经济和资本主义》一书中,曾描述过明清时期中国人使用戥子的情景:

> 购物者随身带有钢剪,根据所购货物的价格把银锭铰成大小不等的碎块。每个碎块都需称出重量:买卖双方都使用戥子。一个欧洲人在一七三三年和一七三四年之间说过:中国最穷的人也随身携带一把凿子和一杆小秤。前者用于切割金银,后者用于称出重量。中国人做出这种事异常灵巧,他们如需要二钱银子或五厘金子,往往一次就能凿下准确的重量,不必增减。[①]

---

① 布罗代尔:《15至18世纪的物质文明、经济和资本主义:形形色色的交换》,北京:生活·读书·新知三联书店,1993年,第538页。

天平与杆秤都是根据杠杆原理制成的衡具，不同之处在于天平支点在衡杆中央，砝码须与被称物等重；而杆秤非固定为折半以取中，而是要靠一个动态的平衡点。从事科学史研究的前辈钱宝琮先生曾指出，用秤称物时，秤锤重力的作用线左右移动，可使秤杆俯仰低昂，一个力的效用不仅与它的轻重有关，也与它的作用线的位置有关，由此产生了“权力”与“权衡”的概念。也有学者认为，天平和杆秤的区别，在于前者强调标准、制度、原则，后者讲究适度、灵活、中庸，这在某种程度上也反映了中西文化的差别。

如果说“字词有重量”，那么译者也需掌握“称重”的本领和“权衡”的技巧。心中有天平，手中有杆秤，定准秤星，反复掂量。不苛求绝对精准，但也不能滥用“权力”，以致短斤少两，失度失衡。

/ 二、字词的寻绎 /

“番茄酱”:“借词”的故事

“add oil”和“加油”

这/那:是一个问题

象声词的嘈杂世界

猫头鹰的会议

玫瑰的名字

风中的尴尬

妙手偶得与啼笑皆非

《流浪地球》的天空

单数还是复数

郭靖与黄莲花

闲话家常

比蜜糖还甜的吻

Jabberwocky到底是什么?

花的低语

“番茄酱”：“借词”的故事

语言学家爱德华·萨丕尔（Edward Sapir）曾经指出：“语言，就像文化一样，很少能自给自足。交往的必要性使一种语言的使用者与相邻语言或文化上占主导地位的语言发生直接或间接的接触。”（Languages, like cultures, are rarely sufficient unto themselves. The necessities of intercourse bring the speakers of one language into direct or indirect contact with those of neighbouring or culturally dominant languages.）[①]

世界上的语言，在其发展历史上都会或多或少受到另一种语言的影响。贸易、政治、经济、文化的交流和冲突，会促成不同语言之间发生接触。语言接触，可能会产生杂

① Sapir, Edward, *Language: An Introduction to the Study of Speech*, New York: Harcourt, Brace and Company, 1921, p.205.

合的语言(pidgin/creole)，在交流中出现频繁的语码转换(code-switching)，也会出现借用(borrowing)的情形。萨丕尔认为:"一种语言对另一种语言施加的最简单的影响，就是单词的'借用'。"(The simplest kind of influence that one language may exert on another is the "borrowing" of words.)①

所谓"外来词"(loanword)，或"词汇借用"(lexical borrowing)，根据*Oxford Learner's Dictionary*的定义，指的是"几乎不做修改而从外语中直接采用的词汇"(a word adopted from a foreign language with little or no modification)。

汉语中有大量通过语音借用、语义借用、组合借用和字体借用而来的外来词。汉朝和西域之间的物质文化交流，带入了大批外来词，如"葡萄""琥珀""苜蓿"等；两晋到隋唐时期，佛教词语大量传入；而近代之后，中国大量引进西方社会科学文化知识，翻译相关专著，引发外来词的又一高潮。

其实，英语中也不乏从汉语中"借"去的词汇。在英国读书的时候，有一次和同学们在吃快餐，想请其中一位把桌上的番茄酱递过来，于是就问:"May I have some —"却一时间忘记了"ketchup"的说法，于是就生硬地接下去"— tomato sauce?"

这个英国朋友把番茄酱递给我，狐疑地问，你为啥用这

① Sapir, Edward, *Language: An Introduction to the Study of Speech*, New York: Harcourt, Brace and Company, 1921, p.206.

么怪异的表述？我答，我忘记这个英文单词了。这下整个桌子的外国朋友都震惊地看着我，说："But ketchup is a Chinese word!" 这下轮到我震惊了。以前我只知道dim sum（点心）、baozi（包子）、jiaozi（饺子）、chow mein（炒面）这些中国食品名在英文里占有一席之地，没想到番茄酱这一西餐经典酱汁，竟也有汉语的血统。

据说ketchup这个词，源自几个世纪前福建话中所说的一种"鱼酱"，这是一种东南亚地区渔民用盐腌和发酵的凤尾鱼制作的一种焦糖色酱料，在越南语中被称为nuoc mam，在泰语中被称为nampla，但是当时的福建海员们用闽南话称之为ke-tchup。福建海员从东南亚航行到波斯和马达加斯加，将这种酱料带去了西方。1703年英国商人查尔斯·洛克耶（Charles Lockyer）的*An Account of the Trade in India*一书，为英国与东南亚地区的商业贸易提供信息指南。洛克耶在书中提到，日本出产酱油，最好的番茄酱来自Tonqueen（也就是越南河内Tonkin），但是应该从中国购买这两样产品，因为中国产量大且价格便宜。（Soy comes in Tubs from Japan, and the best Ketchup from Tonqueen; yet good of both sorts, are made and sold very cheap in China. ... I know not a more profitable Commodity.）①

---

① Lockyer, Charles, *Account of the Trade in India: Containing Rules for Good Government in Trade Price Courants, and Tables*, Published by (printed for) the Author, and sold by Samuel Crouch, 1711.

外国朋友们提醒我，其实在麦当劳这样标志性的美国快餐店里，我们吃到的食物源自四面八方：汉堡包（hamburger）源自德国，炸薯条（french fries）来自法国和比利时，番茄酱（ketchup）则是中国的。

历史上，有不少汉语词汇通过传教士、汉学家、海上贸易路线进入英语，近年来，技术发展和全球化带来了新的语言交流渠道，进入英语的中国词语也越来越多了。根据全球语言监测，自1994年以来，汉语已经成为英语外来词的最大源语。

2019年2月，中国外文局发布了《中国话语海外认知度调研报告》，根据对8个主要英语圈国家民众的问卷调查，统计了300多个中国话语词条在英语国家主流媒体的网络平台报道量，发现近两年海外民众对中国话语的认知度、理解

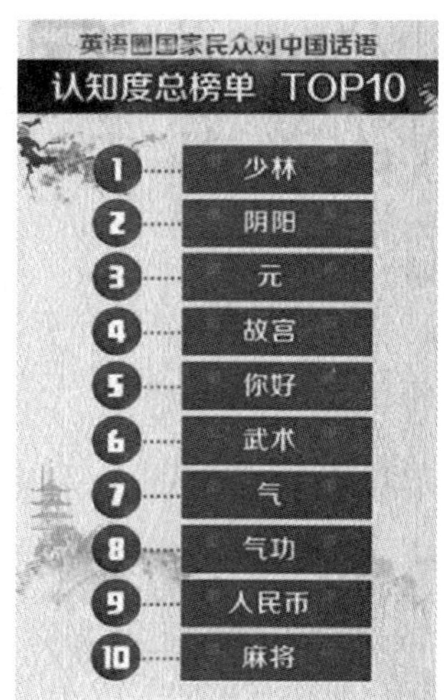

1. 少林 Shaolin
2. 阴阳 Yin Yang
3. 元 Yuan
4. 故宫 The Forbidden City
5. 你好 Nihao
6. 武术 Wushu (martial art)
7. 气 Qi
8. 气功 Qigong
9. 人民币 Renminbi
10. 麻将 Mah-jong

度大幅上升，不少中国词语正以汉语拼音的形式为英语直接“借用”。

在英语圈国家民众对中国话语认知度总榜单前十名的词汇中，故宫以“The Forbidden City”之意译为人所知，其他词汇“少林”“阴阳”“你好”等，都直接以汉语拼音的方式进入了英语话语体系。

从翻译的角度来看，以拼音方式进入英语的汉语词汇，就是音译（transliteration）。过去翻译界会将“音译”看作一种特定形式的“不译”（non-translation）。玄奘翻译佛经，主张“五不翻”：秘密故，多含义故，此无故，顺古故，生善故；而玄奘说的“不翻”，其实就是“音译”。傅兰雅（John Fryer）在为清廷主持江南制造局和京师同文馆教习时期，翻译西书，也曾把“音译”看作一种不得已的临时翻译办法。

目前，全球化的进程使得原本遥远、陌生的地方相互连接，各地区发生的事件相互勾连，人们的消费文化和生活风格也相互影响。英国社会学家吉登斯指出，全球景观已经从过去的时空分隔（Time-space Distinction）转变为一种消弭疆界的时空分延（Time-space Distanciation）。[①]翻译活动有赖于现实情景的意义生成体系，发生在全球化背景下的“音译”，与其说是译者不得已而为之的“不译”，毋宁说是一种事后“命名”（naming），是某种跨文化实践已经发生、跨文化认知已经

① Anthony, Giddens, *The Constitution of Society*, Cambridge: Polity, 1986, p.262.

完成之后的语言反应。

因此，对学翻译的同学们来说，“借词”“音译”是值得密切关注的语言现象，最重要的原因并非因为它们提供了翻译的权宜之计，而是因为它们让我们更清楚地了解跨文化交际的历史与现实。

“add oil”和“加油”

2018年10月，《牛津英语词典》(*Oxford English Dictionary*，简称OED)收录了中式英文“add oil”(加油)。此举让许多中国英语学习者欢天喜地了好一阵子，大呼“厉害了我的Chinglish!”，并且翘首期盼更多中式英语被正名。

根据OED对“Chinglish”的定义，中式英语是“中文和英文的混合语；特指中文人士所用的一种英文，或在中英双语语境下所用的一种英文。这种混合语通常包含一些中文词汇和结构，或是在中文语境下才使用的英文词语”(A mixture of Chinese and English; esp. a variety of English used by speakers of Chinese or in a bilingual Chinese and English context, typically incorporating some Chinese vocabulary or constructions; or English terms specific to a Chinese context)。

以这个标准来界定，“add oil” 以英文词汇载体包装了中文的选词与结构，算得上是一个“中式英语”的表达了。

OED对“add oil”的解释，首先将其定位为中式英语，意思是鼓励、支持，相当于英文的“go on!”或“go for it!”。在接下来的书面引语（quotation）部分，OED列举了过去近五十年的四条书面使用证据，分别取自1964年的*Hong Kong Surgeon*，1980年的*Straits Times*，2005年的*South China Morning Post*，以及最近的一条，2016年6月7日*China Daily*香港版中的“If we really are serious about being Asia's World City, we still have a lot of work to do. So add oil, everyone!”（如果我们真的要成为亚洲的世界级城市，我们还有许多工作要做！所以各位，加油！）。换言之，OED中与“add oil”相关的书面证据，大多录自中国媒体，即便是新加坡的*Straits Times*，亦不乏华语读者。中英双语语境是使用“add oil”不可忽视的背景。

美国社会语言学家卡奇鲁（Braj Kachru）曾将英语在不同国家和地区的传播与使用情况用三个同心圈表示。①

其中内圈（the Inner-Circle）是美国、英国、澳大利亚等英语为母语的国家；外圈（the Outer-Circle）是印度、新加坡、菲律宾等以英语作为第二语言或官方语言的国家；扩展圈（the Expanding Circle）是中国、法国、日本等以英语为外语的国

① Kachru, Braj B., “The English Language in the Outer-Circle”, *World Englishes* 3 (2006): 241–255.

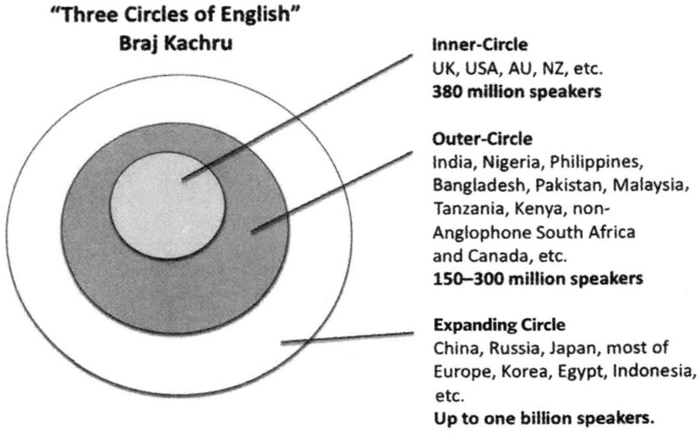

家。从语言规范的角度看，内圈国家提供英语的规范（norm providing）；外圈国家致力于发展规范（norm developing），形成具有特定地域文化特色的英语变体；而扩展圈的国家主要依据内圈国家提供的语言标准使用英语，属于依靠规范（norm dependent）的英语变体。

在目前全球化的语境下，英语作为通用语（English as a lingua franca），使用形态日益复杂，英语的“规范”这一概念，尤其是其中所蕴含的权威性和正统性，均受到严重质疑。“多样性和多元化已成为英语使用的显著特征，使用范围已经超越核心区域的英美语言标准和社交文化规约。”[①]塞得豪佛（Seidlhofer）建议英语学习者应该摆脱英美“标准英语”的桎梏，不但要从英语本族语者那里学习，也要对不同的英语变体

① 冉永平：《多元语境下英语研究的语用关注》，《外语教学与研究》，45.5（2013）：第669—680页。

有所了解。[①]《牛津英语词典》收录“add oil”，也是对当前英语使用多元现实的适时回应。

然而，我们也必须看到，词典编撰一直是意识形态和商业驱动的项目。真正的现实生活，却未必和我们的期待或理想同步。绝大多数的“内圈”英语使用者并不真正熟悉字典收录的各种充满异国情调的词汇与表述。

在我看来，使用英语进行沟通交际的时候，应当重视多元化、本土化英语表达的作用和价值；然而在学习语言过程中鼓励洋泾浜（pidgin）英语，则是完全没有必要的。有研究发现，在英语教学中鼓励多元变体和本土标准的结果，已经造成一些非洲国家学生的英语水平普遍下降，对他们在国际就业市场的竞争力也造成了极大的负面影响。[②]这一点值得中国英语学习者高度警惕。

呼吁维护语言的生态、推行多样化的英语变体，出发点是美好的。然而不切实际地推行本土英语变体，反对语言规范和标准，实际上剥夺了学生获得语言能力的机会和权益，反而背离了希望通过语言实现赋权的初衷。比较符合我国实际的做法，应该在英语教学中保持一定的规范：“有一个规范比没有要好，而采取一个有历史传统的变种（如英国英语）比

---

① Seidlhofer, Barbara, “English as a Lingua Franca”, *ELT Journal* 59.4 (2005): 339–341.

② Bamgbose, Ayo, “Language Policy in Nigeria: Challenges, Opportunities and Constraints”, *Nigerian Millennium Sociolinguistics Conference,* Lagos: University of Lagos, 2001.

一个历史上复杂而又受多种语言影响的变体（如印度英语）要好。”[1]

因此，在我的英语课堂上，我不反对将“加油！”翻译为“add oil!”，但我也绝不希望同学们只会将“加油！”翻译为“add oil!”。至少，如果你认真读了《牛津英语词典》，就知道还可以说“go on!”或“go for it!”，不是吗？

① 桂诗春：《我国英语教育的再思考——实践篇》，《现代外语》，38.5（2015）：第687—704页。

这/那：是一个问题

莎士比亚创作于1599年至1602年间的《哈姆雷特》（*Hamlet*），是他最负盛名的一部剧本。第三幕第一场，哈姆雷特纠结于弑母弑叔、为父复仇的矛盾和痛苦，说出了一段精妙绝伦的独白（soliloquy）。开头那句“To be or not to be, that is the question”，更是脍炙人口。

这句话最普遍的理解，就是哈姆雷特在纠结，自己应该一死了之，还是应该活下去。但是英语中“be”这个词，本身就具有不易描述的意义，既能被理解为形而下的“活着”，也可以指向形而上的“生存”，从一个语词里盛开出充满哲思的多元意义。跨语际的翻译就像三棱镜一样，不同的译本折射出见仁见智的“歧见”。

朱生豪：生存还是毁灭，这是一个值得考虑的问题。

梁实秋：死后还是存在，还是不存在，——这是问题。

曹未风：生存还是不生存：就是这个问题。

林同济：存在，还是毁灭，就这问题了。

方　平：活着好，还是死了好，这是个难题啊。

卞之琳：活下去还是不活：这是问题。

王佐良：生或死，这就是问题所在。

许渊冲：死还是不死，这是个问题。

裘克安：活着，还是不活了，问题就在这里。

陈国华：是生，还是死，问题就在这里。

傅光明：是活着，还是死去，我的问题就出在这儿。

长期以来，学界对这句话的翻译争论集中在前半句，但对于后半句"that is the question"，却几乎无人论及。其实这里有一个非常有趣的翻译问题，那就是英文中的"that"，在几乎所有的中译本中，都翻译为"这"。

我们学英语不久，就学会了"this"——"这"和"that"——"那"这两个指示代词。指示代词是各种语言中普遍存在的语言现象，大多数语言中的指示代词，都以说话人为参照，分成两个系列。其中，距离近的为近指代词，如英语的this，汉语的"这"；距离远的为远指代词，如英语的that，汉语的"那"。在此基础上，才又相应衍生出复数的these、that，以及对时间、处所、性状、方式、程度等意义的其他指示词。

吕叔湘先生还曾从认知角度指出了指示代词与人称代词的渊源:“初民先有指示的概念,后有三身的概念。第一身往往跟近指代词同源;远指代词又分较近较远两类,前者大多跟第二身有关,后者大多跟第三身有关。”①

“这”“那”两个词,在使用上是不对称的。我国最大规模的汉字统计频度表表明:“这”位于第10个常用字,而“那”处于第182位。“这”“那”用法之不对称,既有句法上的原因,也有语用和认知上的原因。沈家煊认为,近指的“这”在心理上的可及性高于远指的“那”,符合以自我为中心的认知思维方式,因此成为语言中的无标记项,使用更广泛。②

语言现象可以反映人对外部世界的认识。指示代词“这”与“那”,不仅暗含着物理空间的距离,更可以指向时间的远近,甚至也反映了心理空间中关于亲疏、喜恶、生死等因素的认定。

哈姆雷特的独白“To be or not to be, that is the question”,用了远指代词“that”,从一定程度上,也体现了哈姆雷特的心理活动中,有意识将自我部分抽离出来,保持冷静观察的距离感。这句话事实上构成了双重的戏剧视角。第一重,哈姆雷特在思考自己到底应该是生还是死;第二重,哈姆雷特在冷静地观察自己的反思。

在戏剧舞台上,导演们注意到这段独白的厚重,并尝试过

---

① 吕叔湘:《吕叔湘文集》,北京:商务印书馆,1990年,第187页。

② 沈家煊:《不对称和标记论》,南昌:江西教育出版社,1999年,第180页。

用不同的手法体现出其中复杂的自我分裂。1929年，梅耶荷德就提出，可以让两个演员同时扮演哈姆雷特。他说："我产生了一个念头，同时有两个演员来扮演哈姆雷特，一个念悲怆的独白，另一个念欢愉的独白。并不是两个演员轮流上台表演，相反，他们得形影不离。"①

这句话的众多中译本都会将"that is the question"中的"that"，翻译为"这"，可能是因为"这"在汉语里更常用，符合中文的表达习惯，也可能是因为"这"与第一人称独白更匹配，说起来更顺。但这样的处理，多少会抹去远指的空间距离感，减轻角色自我分裂的纠结程度，整个画面就简化了，给人的整体感觉也单薄了。

1990 年，在中国导演林兆华的舞台上，哈姆雷特的这句独白，由扮演哈姆雷特、克罗迪斯、波洛涅斯的三个演员共同完成。三位演员在一瞬间，呈三角形站立。第一位白"生存，还是毁灭，这是一个问题"；第二位白"生存，还是毁灭，这是个值得考虑的问题"；第三位白"生存，还是毁灭，这是个必须考虑的问题"。三个人相继念出台词，中间没有空隙，相互宛若回声。说完这句话之后，则由哈姆雷特一人完成余下的独白。

林兆华版《哈姆雷特》上演后，许多剧评家认为这种"角色换位"的安排，让剧中角色在某特定时刻转变为哈姆雷特，

---

① 叶志良：《20世纪末中国戏剧思潮流变与诠释》，台北：威秀信息，2015年，第206页。

展示了“人人皆是哈姆雷特”的主张，现代性和先锋性最终得到了落实。其实，就这句独白的演绎而言，林兆华的导演艺术与其说是现代的、先锋的，不如说是贴近古典的、原著的。他以充沛的想象力，通过台词的重复与延异，将“这个问题”的“近指”在时空距离上拉远，重现了这句话背后的自我分裂与灵魂拷问，也因此突破语言翻译的屏障，更加接近了莎士比亚的哈姆雷特。

象声词的嘈杂世界

根据吕叔湘、朱德熙《语法修辞讲话》和丁声树《现代汉语语法讲话》的分类，拟声词和叹词同属一类，称为象声词。其中，拟声词(Onomatopoeia)模拟客观声音，叹词(Interjection)表达主观情感，两者之间有一定的区别；但总体上，两者都是对声音的记录，有相似的语法功能特征，在翻译中造成的困难也都类似。

象声词的翻译是一个很有意思的话题。可惜的是，一般的词汇研究不太重视象声词，字典、词典中象声词条目收录不充分，双语词典中象声词往往互为“缺项”，在一定程度上，这也导致了翻译中省略象声词的做法十分常见。

20世纪初，瑞士语言学家索绪尔(Ferdinand de Saussure，1857—1913)提出语言符号任意性(the radical arbitrariness of language)，指出能指和所指之间并无必然、先验的关联。索绪尔承认拟声词和叹词的音义之间有自然联系，但他始终认为在整个语言符号系统中，拟声词是无足轻重的："拟声词从来不是语言系统中的有机部分，并且，它们的数量比人们所设想的少得多。"(But onomatopoeic formations are never organic elements of a linguistic system. Besides, their number is much smaller than is generally supposed.)[①]

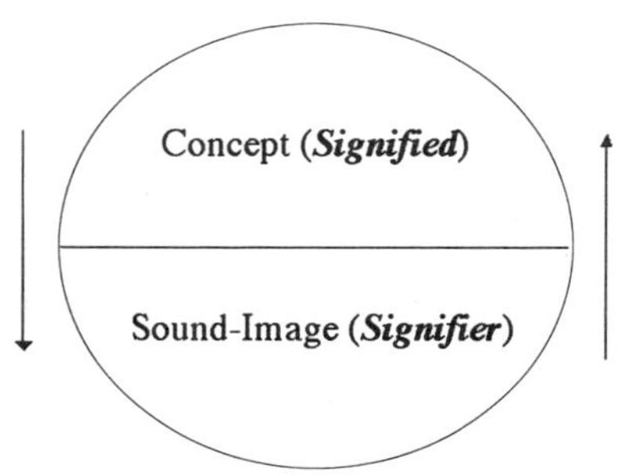

索绪尔之后，也有不少语言学家对语言符号的任意性论调提出争议，例如雅可布逊(Roman Jakobson, 1896—1982)发现，在许多语言中，音位、音元、音素等辨音元素都具有表意作用，并将这一发现付诸诗学研究。

近年来，更有学者注意到象声词与语言身份和政治之间的联系。赵健秀等美国华裔作家编选的《哎呀！亚裔美国作家

① de Saussure, Ferdinand, *Course in General Linguistics*, Translated by Wade Baskin, London: Peter Owen Limited, 1960, p.69.

选集》(*Aiiieeeee! An Anthology of Asian-American Writers*, 1974)和《大哎呀！华裔与日裔美国文学选集》(*The Big Aiiieeeee! An Anthology of Chinese American and Japanese American Literature*, 1991),用亚洲语言中常用的叹词做标题,极为吸睛。编者在选集前言中指出:“美国亚裔长期以来被忽视、被迫不能参与创造美国文化,因而受伤、悲哀、愤怒、诅咒、惊愕,这就是他的哎呀!!! 哎呀不只是悲呼、大喊或尖叫,而是我们五十年来的完整声音。”①

卢佩卡·慕帕德(Lupenga Mphande)是美国俄亥俄州立大学非洲研究系的教授,他在研究中发现早期西方传教士对非洲民间故事的翻译,完全无视了非洲语言大量的拟态词(ideophones)。慕帕德认为,这种态度几乎构成了“文本种族灭绝”(textual genocide),因为拟态现象恰是非洲语言最核心的文化要素之一。②

汉语的象声词也许不如非洲语言那么丰富,即便和日语相比,也有学者认为“汉语的拟声拟态词显得贫乏,似乎也没有固定的书写方式”(大久保明男,2017)。在汉英翻译中,省略象声词大概不至于造成“文本种族灭绝”那么可怖的结果,但也难免会将原文丰富的表意方式打了折扣。毕竟,象声词

---

① Chin, Frank, *Aiiieeeee! An Anthology of Asian-American Writers*, London: Howard Univ Press, 1974, p.xi.

② Mphande, Lupenga, “Ideophones and African Verse”, *Research in African Literatures* 23.1 (1992): 117–129.

往往具有强大的表意和修辞功能。陈望道先生在《修辞学发凡》中指出，拟声“是吸收了声音的要素在语词中的一种辞格”[①]。王佐良先生在《论英语中的强调手段》(1964)一文中，也谈及拟声词的作用：

> 汉语可以用“砰的一声”来形容“门关上了”，英语也有类似的拟声词表达：The door banged shut. 这句话比 The door was shut 要“有声有色”。同样，如果我们比较 He banged the door 同 He shut the door 两句话，也可看出，前者表示关门人盛怒而去，后者则只是客观叙述“他关了门”而已。由于拟声词都是给人“当时当地”的实感的动词，既具体又生动，学生应该掌握。除了 bang 之外，还可注意下列常用的拟声词：blare, bubble, clap, cluck, flare, hiss, murmur, mutter, patter, whirr, whisper, whistle，等等。[②]

王佐良先生又在注释里补充，关于这类词究竟是拟声词，还是沿用已久的习惯词，是有争议的。有些拟声词，在不同语言中的声音有所区别，例如“唠叨，发牢骚”在英文中用 mutter，在法语中则用 marmotter，德语则用 murren。

不同语言模拟客观声音，得出不同的记音符号，是普遍

---

① 陈望道：《修辞学发凡》，上海：上海教育出版社，1979年，第96页。

② 王佐良：《论英语中的强调手段》，《外语教学与研究》，1964(01)：第3—14页。

存在的现象，也是译者在翻译中需要注意转换的细节。斯坦利·科伦（Stanley Coren）为爱狗人士写了一本有趣的小书*How To Speak Dog: Mastering the Art of Dog-Human Communication*，书中提到不同语言如何呈现"狗的叫声"。在英语里，狗的叫声是"bow-wow; woof-woof; or arf-arf"，在西班牙语里是"jau-jau"，法语是"woa-woa"，俄语是"gav-gav"，希伯来语是"hav-hav"，德语是"wau-wau"，捷克语是"haff-haff"，韩语是"mung-mung"，而中文是"汪汪"。①

在翻译这类拟声词的时候，为了译文能够传递"当时当地""有声有色"的感觉，不妨首先考虑目标语中有没有现成可用的拟声词。大多数动物发出的声音，一般都有约定俗成的对应词可以选用。以莫言《檀香刑》里的一些句子为例：

> 狗**哼哼**还是狗，猪**汪汪**还是猪，爹不亲还是爹。**哼哼哼**。**汪汪汪**。（第1章）
>
> If a dog **grunts**, it is still a dog, and when a pig **barks**, it remains a pig. And a dieh is still a dieh, even if he does not act like one. **Grunt grunt, arf arf**.

> **咪呜咪呜**，未曾开言道，先学小猫叫。（第3章）
>
> **Meow**, **Meow**, I learned how to sound like a cat

---

① Coren, Stanley, *How to Speak Dog: Mastering the Art of Dog-human Communication*, New York: Simon and Schuster, 2001, p.53.

before I could talk.

他绕场转了三圈后，把捣粪耙子扔了，手脚着地，竟然绕着场子爬起来。一边爬，一边**哄哄**，好像老母猪拱地找食吃的样子。(第8章)

After the third revolution, he threw away his rake, got down his hands and knees, and crawled on the ground, making pig noises — **oink oink** — like an old sow rooting for food.

翻译动物的叫声，译者葛浩文(Howard Goldblatt)采用了现成的英文拟声词对译。当然，译者要处理的声音问题，绝非动物叫声这么简单，《檀香刑》是一部声音效果异常出色的神品妙构之作，莫言本人也曾说，"我在这部小说里写的其实是声音"。书中的许多声音，英语未必有现成对应的象声词。翻译中，葛浩文极少采用省略的处理，而是尽可能在英语中寻找类似情形下可能会用到的象声词。

脚穿木底油靴的值夜更夫，从青石条铺成的大街上，**踢踢踏踏**走过去，梆声"**梆梆**"，锣声"**铛铛**"，三更天了。(第1章)

A night watchman **clomped** down the cobblestone street in oiled boots with wooden soles, **clapper** beats mixed with **the clangs of a gong** — it was already the third watch.

悲愤的唱腔在他的心中轰鸣，他手扶着树干，艰难地站立，摇晃着脑袋，双脚跺地。——**咣咣咣咣咣咣**——**咣采咣采咣采**——**咣！苦哇**——！（第8章）

A song of grief and indignation thundered inside him as he struggled into his feet, bracing himself against the tree trunk, his head wobbly, his feet stomping the ground. — **Bong bong bong bong bong bong — kebong kebong kebong — bong! Alas!**

泪珠子**噼里啪啦**落前胸。（第15章）

My tears fall — **tin tin tine tine**.

石江山（Jonathan Stalling）认为，《檀香刑》中复杂的听觉形式的成功转译标志着译者翻译成就达到了一个新阶段。葛浩文在翻译中处理声音的技巧，从以上的几个例子或可窥见一斑。[①]

总的来说，象声词的使用使语言具体、生动、形象，在翻译中不应该一味删减，也最好不要轻易采用音译，否则译文的表现力和感染力恐怕都会大打折扣。虽然象声词的本质是对声音的描摹，但是不同语言文化描摹声音的惯例很可能有巨大

---

① Stalling, Jonathan, "The Voice of the Translator: An Interview with Howard Goldblatt", *Translation Review* 88.1 (2014): 1–12.

的差别。象声词的翻译，除了一定要凸显特定文化身份的情形之外，大多数时候还是应该以归化为主，要让目标读者觉得“像”，要照顾读者的阅读体验。毕竟使用象声词的初衷，就是为了增加声势、烘托气氛，造成让人身临其境的感觉。也正是出于这个原因，我认为，如果翻译中遇到比较复杂的拟声词，还是应该请译入语为母语的译者来做，或者至少要参考译入语为母语的读者意见，方才比较妥当。

猫头鹰的会议

《哈利·波特与凤凰社》(*Harry Potter and the Order of the Phoenix*)第二章是“A Peck of Owls”。人民文学出版社的翻译为《一群猫头鹰》[①],而网络流传的一个中文版本翻译为《猫头鹰的啄痕》,网络译本是有问题的。“peck”的确有“啄”的意思,但文中的猫头鹰并没有啄人。“peck”也是一个表示容量的词,大概相当于8夸脱,接近9公升的量。其扩展的意思可以表示“大量的”,例如a peck of trouble,就是好多麻烦的意思。所以可以理解,“A Peck of Owls”表示“一群猫头鹰”,但这始终不是个寻常的表达。罗琳(J. K. Rowling)其实是调皮地利用“peck”“pack”的相似埋下伏笔。下文中,前

① 罗琳,J. K.:《哈利·波特与凤凰社》(马爱新、马爱农译),北京:人民文学出版社,2003年。

来送信的猫头鹰在家里飞来飞去，韦斯莱先生（Mr. Weasley）急得话都说不清楚了：

"... a peck, I mean, a pack of owls shooting in and out of my house and I won't have it, boy, I won't ..."

"一堆，我的意思是，一群猫头鹰在我的家里飞出飞进。我不允许，小子，我不——"（人民文学出版社，2003）

这样看来，"A Peck of Owls" 也许翻译为"一堆猫头鹰"还更有点儿意思。另外，罗琳写作中还有一层隐秘的趣味。"A Peck of Owls" 实际上与英国奇幻小说作家C. S. 路易斯（C. S. Lewis）的《银椅》（*The Silver Chair*）中第四章 "A Parliament of Owls" 遥相呼应，构成互文。《银椅》是著名奇幻小说《纳尼亚传奇》（*The Chronicles of Narnia*, 1950—1956）中的第四部，讲述了主人公尤斯塔斯和波尔在寄宿学校被一群坏学生追赶，意外闯入纳尼亚，接受狮王阿斯兰的重托，寻找凯斯宾国王的瑞廉王子的故事。第四章讲的是一群猫头鹰聚集起来，讨论是否应该允许或帮助这两个孩子去巨人城的废墟寻找失踪的王子。中文版将 "A Parliament of Owls" 翻译为“猫头鹰的会议”（译林出版社，2014），意思当然没有错，不过“a parliament of owls”在英文里原本就是个约定俗成的表述，表示“一群猫头鹰”，这层幽默就难以翻译了，只能让懂英语的读者意会。

人们通常认为汉语中的量词更加丰富多彩。汉语的量词起源很早，殷墟卜辞中就已存在如“升”“卣”“朋”等表示度量衡单位、容量单位和集体单位的量词。汉代以后量词增多，出现了“头”“只”“株”“块”“枝”“根”“条”“片”“朵”等。唐代以后还出现了行为单位的量词如“次”“回”“趟”“遍”等。发展到现代汉语，量词的品种和数目都极大丰富。赵元任先生在*A Grammar of Spoken Chinese*①中，将中文量词分为九种：classifiers, or individual measures（个体量词）、classifiers specially associated with V-O contractions（通用个体量词）、group measures（集合量词）、partitive measures（部分量词）、container measures（容器量词）、temporary measures（临时量词）、standard measures（标准量词）、quasi-measures（准量词）、measures for verbs（动量词）。

很多初学中文的外国朋友，都觉得中文的量词特别难。他们往往会问，一头牛、一匹马、一只羊、一条狗、一尾鱼，为什么不能统一用“个”这一量词呢？殊不知，汉语的量词和名词相互配合，两者之间往往存在意义上的联系。同一名词，配合

---

① Chao, Yuen Ren, *A Grammar of Spoken Chinese*, Berkeley and Los Angeles: University of California Press, 1965, pp. 854–855.

使用不同量词，不但可以表现出数量、范围、形状的差别，甚至也有语体、风格和感情色彩的差异。郭绍虞在《汉语语法修辞新探》中曾举例说："比如说'一阵风'，使人有'阵'的感觉；说'一丝风'，使人有'丝'的感觉；说'一股风'，又使人有'股'的感觉……这对于表达事物的性态，可以更清楚些。这虽然是个体量词所以孳生和发展的次要原因，但同样说明了汉语的修辞问题。"[①]

因此，英译汉的时候，中文量词的选用是有讲究的。英语里提到"a boat"，根据语境推断船的大小，可能表述为"一条船"或者"一艘船"，甚至还可以翻译为"一叶舟"。

赫胥黎（Thomas Henry Huxley）的《天演论》（*Evolution and Ethics*）开头第一段有一句："The native grasses and weeds, the scattered patches of gorse, contended with one another for the possession of **the scanty surface soil.**"严复先生的译文为："怒生之草，交加之藤，势如争长相雄。各据**一抔壤土**。"严复用"抔"这个量词，去对应原文的形容词"scanty"，表明土壤之稀少，传神而准确。

英文虽然没有中文这么发达的量词系统，甚至有语言学家认为，英语中根本没有量词这一词类，但是我们也要知道，英语中相关表述并不贫乏，表现力也非常强。举例而言，在汉语中，一个量词"群"，几乎就可以涵盖所有的动物群集，但是

① 郭绍虞：《汉语语法修辞新探》，北京：商务印书馆，1979年，第291页。

在英语里，有好多集合量词与各种动物群体搭配，其中，比较常见的有 “a herd of cattle”（一群牛），“a swarm of bees”（一群蜜蜂），“a flock of birds”（一群鸟），“a pack of wolves”（一群狼），当然，还有上文提到的 “a parliament of owls”（一群猫头鹰）。另外，英语中还有许多生动神妙的 “一群……”，这里暂举几个例子：

a colony of rabbits：一群兔子

（好多兔子啊，都形成它们的聚居地了。）

a galaxy of starfish：一群海星

（虽然在深海，我们也是星星，也要发光！）

a mob of kangaroos：一群袋鼠

（袋鼠跳起来可没有规矩了，所以它们是暴徒。）

a congress of baboons：一群狒狒

（狒狒大概是最人模人样的了，聚在一起就像人在开大会。）

a pride of lions：一群狮子

（狮子是草原之王，不吼自威。）

a murder of crows：一群乌鸦

（乌鸦总让人有不祥的预感。）

a quiver of cobras：一群眼镜蛇

（一群眼镜蛇在一起“咝咝”地扭动，战栗的感觉油然而生。）

a sloth of bears：一群熊

（熊宝宝一脸无辜，其实我们不是懒熊好不好。）

a parade of elephants：一群大象

（嗯，大象好像常常出现在花车游行庆典里。）

a lounge of lizards：一群蜥蜴

（懒洋洋的蜥蜴，凑在一起无所事事。）

an embarrassment of pandas：一群熊猫

（憨头憨脑的熊猫啊，呆萌得我都不好意思看你了。）

a huddle of penguins：一群企鹅

（太冷了太冷了，企鹅们只能挤在一起瑟缩。）

a school of fish：一群鱼儿

（鱼儿总是喜欢往一个方向游动，好像春游的小学生队伍吧！）

a zeal of zebras：一群斑马

（黑白配！黑白黑白配！真是太精神了！）

有时候，一个动物群体在英文里还会有好几个不同的搭配，并且从形状、动作或情感色彩上反映动物特征，活灵活现。汉译英的时候，译者要注意选择合适的表达。例如中文里说到一群蝴蝶，译者就要考虑上下文，确定要表达的重点是什么。如果只是想说数目多，可以说“a swarm of butterflies”；如果要强调视觉效果的眼花缭乱，可以用“a kaleidoscope of butterflies”；如果要强调翅膀扑闪的感觉，可以说“a flutter of butterflies”；如果想说一群蝴蝶优美地翩翩起舞，可以说“a dance of butterflies”。

由此可见，无论是英译汉，还是汉译英，我们都不能轻视数量表述。汉语里的量词，和英语中的数量表述，都可能会融合比喻（metaphor）、拟声（onomatopoeia）、着色（color scheme）、矛盾修饰法（oxymoron）等多重手法，除了与名词相匹配的语法功能，还具有非常重要的表意和修辞功能。学习语言的时候，多注意这些表达的积累，对汉英互译的工作是大有裨益的。

玫瑰的名字

“Rose is a rose is a rose is a rose”，是美国现代主义作家格特鲁德·斯坦因（Gertrude Stein）写过的一行诗。这句话的意思，无非就是，玫瑰是玫瑰，不是玫瑰所象征的别的什么东西，就是玫瑰本身。换言之，这是一种身份法则的陈述，“A就是A”，“事物就是它们自身”。

斯坦因承认，日常生活中，我们不可能这么没完没了地、好像一个傻瓜一样说绕口令，她希望通过这句诗强调，每一个单词都是独立的存在，而一个又一个的单词不断出现，作为抽象与具象的对应，其间有一种不断理解、领悟、转换、再生的过程。在rose重复出现和位移的过程中，我们反复咀嚼这个单词，似乎的确更接近了玫瑰本身的色泽、花型和香气。

当然，也有很多评论家对这句话的音乐性、意识流，乃至谐音的隐喻（A rose is a rose谐音为rose is eros）进行过分析。让我感兴趣的，倒不是这些诗学的因素，而是“rose”这个名字：它到底属于什么花呢？

Rose在英文中可以泛指所有蔷薇属的花种。中国古代很早就知道，蔷薇属有不同花种。蔷薇科现在最常见的三种花——玫瑰、月季、蔷薇——在中国古代都有种植。

古汉语中，玫瑰乃是有红色美丽花纹的玉石。

> 玫，火齐，玫瑰也。一曰石之美者。从玉，文声。
>
> ——《说文·玉部》

> 其石则赤玉玫瑰。
>
> ——《文选·子虚赋》

玫瑰也用来指植物。宋朝杨万里的《红玫瑰》诗云：

红玫瑰　宋·杨万里

非关月季姓名同，不与蔷薇谱谍通。
接叶连枝千万绿，一花两色浅深红。
风流各自燕支格，雨露何私造化功。
别有国香收不得，诗人熏入水沉中。

古代中国的月季、玫瑰和蔷薇，无论从观赏特性还是花种特征上看，与我们现在通常见到的玫瑰花是有区别的。根据《中国大百科全书》记载，玫瑰原产中国、日本、朝鲜及苏联远东，一季开花；月季只要气候合适，会每月开花，所以昵称“月月红”，英语可以称为Chinese Rose 或者Chinese Monthly Rose；而蔷薇一般比较小，只夏季开花一次，每簇花六七朵，没有特别浓的香味，蔷薇的英语可以称为baby rose。

玫瑰和蔷薇的花期、颜色和香味有相似之处。明朝诗人陈淳《玫瑰》中有云：“色与香同赋，江乡种亦稀，邻家走儿女，错认是蔷薇。”明朝李时珍《神农本草纲目》中已经收录了“蔷薇”，“玫瑰”则到了清朝才由赵学敏收入《本草纲目拾遗》。清朝王象晋《群芳谱》中有详细的说明和区分，把蔷薇属分为蔷薇、玫瑰、刺藤、月季、木香等五大类，而这些花种在英文里，几乎都以“rose”一名以冠之。

The War of The Roses
1455–1485

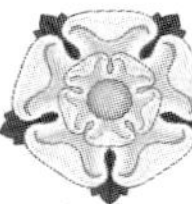

欧洲在18世纪以前，只有蔷薇而没有月季。1792年到1780年间，中国月季有四个品种传入英国和欧洲，月季和当地蔷薇相互杂交，后慢慢产生各种现代月季(modern rose)，也就是今天我们常常在花店购买到的“玫瑰”。这样看来，1455—

1485年间，英国兰开斯特家族和约克家族之间争夺王位长达三十年的The Wars of the Roses，有可能翻译为“蔷薇战争”比“玫瑰战争”更合适。两个家族的徽章图案的确看上去也更像“蔷薇”。

不过，大多数情况下，我们翻译rose的时候，其实没办法知道到底说的是什么花。1984年9月16日《北京晚报》上曾刊登了一篇题为《玫瑰、月季与蔷薇》的小文章，文中说：“玫瑰、月季与蔷薇在国外统称rose，可是长期以来，我们不少同志只要一遇到rose，就统统译成玫瑰了。……〔这〕是很不科学的，甚至常常会闹笑话。其实，玫瑰、月季、蔷薇在植物分类学上是属于决然不同的三个种。三者的主要区别在于枝条的长短、皮刺的多少和叶脉的平凹三个方面。枝长且呈攀援状者为蔷薇，刺密而叶脉凹陷者（叶面发皱）为玫瑰，月季枝直立，刺少，叶脉不凹陷，不发皱。因而只要认真观其形，是不难把它们区分开来的。”

吕叔湘先生看到这篇文章后，很为翻译工作者打抱不平，指出翻译工作的对象是语言，译者不可能总有机会在翻译之前“观其形”。吕叔湘举例说：“如果翻译一本小说，里边说在病床旁边的茶几上放着一个花瓶，插着一簇rose，作者没有描写皮刺多少、叶脉平凹，也没有交代原来的枝条长短，光有r, o, s, e四个字母拼成的一个rose，翻译的人该怎么办呢？再说，即使有插图，也未必能画出刺多或是刺少，叶脉是否凹陷，依然无从判断是玫瑰还是月季，还是蔷薇。”[1]

翻译往往无法也无须等同于精准的科学。王尔德的“The Nightingale and the Rose”，无论是翻译为《夜莺与蔷薇》（巴金译），还是《夜莺与玫瑰》（林徽因译），都一样凄美动人。康·帕乌斯托夫斯基的散文集，无论是翻译为《金蔷薇》还是《金玫瑰》（戴骢译），都能让读者悟到其中对苦难不幸的温存抚慰和默默祝福的主题。

莎士比亚《罗密欧与朱丽叶》第二幕第二场，朱丽叶的独白或许道出了rose的真谛：

> What's in a name? That which we call a rose
> By any other name would smell as sweet.
> 姓名本来是没有意义的；我们叫作玫瑰的这种花，
> 要是换了个名字，它的香味还是同样芬芳。
>
> （朱生豪译）

是啊，玫瑰、月季、蔷薇，虽然有各自的血统、来源和名称，但在我们心里都能勾起相似的意绪感怀，我们又何必太纠结她们的名字呢？

ROSE IS A ROSE IS A ROSE...

① 吕叔湘：《吕叔湘文集》，北京：商务印书馆，1990年，第426页。

风中的尴尬

放屁，是一种普遍的人类体验，与吃饭、呼吸和睡觉一样“例行公事”，可是在绝大多数文化背景下，人们都觉得说起来有些尴尬，翻译起来就更为难了。

关于“放屁”的翻译，最出名的例子大概就是1973年11月12日，毛泽东主席会见基辛格（Henry Kissinger）博士时半开玩笑地问道：“为什么你们国内，对水门事件这个屁事那么在乎？”当时中方翻译唐闻生翻译为：“Why the American people were making such a fuss about Watergate?”参加会见的周恩来总理笑言：“Well, that's not exactly the way the Chairman put it.”唐闻生于是对基辛格的助手温斯特·洛德（Winston Lord）说：“Well, your wife is Chinese. She can tell you what *fang pi* means.”话到此处，大家也都

笑了。[1]

基辛格访华团队中的中国问题专家理查德·所罗门（Richard Solomon）后来接受采访，回忆起这段对话，表示“屁事”这个说法，既表达了蔑视，也表达出某种关切。这个理解应该还是挺到位的。

如果说口头表达中出现的“屁”还比较容易处理，诗歌里出现这个字就真是难办了。毛主席写过一首《念奴娇·鸟儿问答》，借用鲲鹏和雀儿的对话，巧妙而尖锐地批判了修正主义。这首词下阕最后一句：“不须放屁！试看天地翻覆。”正颜厉色，用词的气势自然非一般雅驯诗词可比。但这句话该怎么翻译才好，让当时的专家很是费了一番踌躇。

外文局1976年出版的译本中，此句译为“Stop your windy nonsense! Look you, the world is being turned upside down”，略微雅化了一下表述。有人对此提出不同意见，认为用“windy nonsense”翻译不出原诗的霸气，不能充分体现毛主席当时和“苏修”针锋相对的斗争，以及对赫鲁晓夫的鄙视。笔者看过另一个版本（*Reverberations: A New Translation of Complete Poems of Mao Tse-tung*，1980），林同端（Nancy T. Lin）将此句翻译为“None of your shit!” Remarks the angry

① *Kissinger Transcripts: The Top Secret Talks with Beijing and Moscow*, New York: New Press, 1999, pp. 181–182.

roc. “Just see the world upset with such a shock!”① 两相比较之下，我倒觉得林译不太合适。若想骂得痛快淋漓，在这里就没必要将“放屁”归化为“none of your shit”，不如干干脆脆直译为“Don’t fart!”好了；若担心读者看不懂，或者出于文贵适体的考虑，外文局的翻译已是佳译。

翻译界里，另一个关于“屁”字的翻译，是赛珍珠（Pearl S. Buck）在翻译《水浒传》时，将武松说的“放屁！放屁！”译成了“Pass your wind! Pass your wind!”。钱歌川先生在《翻译的基本知识》中提到这处翻译，并批评说：“原文说的‘放屁’，只是‘胡说’的意思，而英文按字面死译，而且用上命令语气，不看原文，也知道是译错了。因为放屁是自然的现象，不能由人操纵的。一个人自己尚且不能指挥自己放屁，怎可接受别人的命令？”②

赛珍珠的翻译虽然略显生硬，但如果放到整句的语境里去，也不能简单地说她完全是在“歪译”“死译”“胡译”。在语境化的条件下，其实英语读者应该是能够看懂这句话的含义的：

> 武行者心中要吃，那里听他分说，一片声喝道：“放屁！放屁！”

---

① Mao, Zedong, *Reverberations: A New Translation of Complete Poems of Mao Tse-tung*, Translated by, Nancy T. Lin, Hong Kong: Joint Publications, 1980.

② 钱歌川：《翻译的基本知识》，北京：世界图书出版公司，1981年，第10页。

> Now Wu the priest longed much in his heart to eat, and so how could he be willing to listen to this explanation? He bellowed forth, "Pass your wind — pass your wind!"

除了"passing wind"之外，在英语中还有其他很多关于"放屁"的表述。直白不隐晦地说，就用"farting"；文雅一点的时候，常用"break winding""passing gas"等。

莎士比亚《错误的喜剧》（*The Comedy of Errors*）第三幕第一场，大德罗米奥恐吓小德罗米奥，若是打坏了什么东西，就会打碎他的头，而小德罗米奥回敬说：

> A man may break a word with you, sir, and words are but wind,
>
> Ay, and break it in your face, so he break it not behind.

英语中有个短语"break a word"，意思是"说句话"；还有个俗语"words are but winds"，下半句常常接"seeing is believing"，意思是"耳听为虚眼见为实"。莎士比亚把这两个短语结合起来，开了个巧妙的玩笑：

∵ words（言语）= wind（风），

∴ break a word（说句话）= break wind（放屁）！

这个笑话和英语短语本身的结构关联在一起，而且“break”还承接了上文打坏东西、打碎头的恐吓，翻译起来很困难。朱生豪先生的译本是这样的：

说的倒很凶，大哥，可是空话就等于空气。
他也可以照样还敬你，往你脸上放个屁。

这个“words are but wind”的梗，乔纳森·斯威夫特（Jonathan Swift）也用过。他有一句名言：“Words are but wind; and learning is nothing but words; ergo, learning is nothing but wind.”（语言就是风，学问就是语言，因此学问也不过就是风罢了。）概念偷换之下，也强词夺理了一回。

斯威夫特是个特别擅长恶搞的讽刺大师，他当然也不会错过拿“屁”开涮的机会。不过斯威夫特完全不打算采用“break wind”这样相对文雅的表述，而是毫不避讳，直接用了“farting”这个词。他写了一本书《论放屁的益处》（*The Benefit of Farting*），初版用了个超长的笔名：Don Fartinando Puff-Indorst。这个名字里有“fart”（放屁），有“puff”（放气，噗的一声），还有indoors（室内），三个词组合出来的场景，想着也觉得狼狈。斯威夫特还装腔作势，称该书是从其他语言翻译成英语的。[①]翻译在历史上担任过不少回“背黑锅”的角色，这一回，大概是历史上最让人啼笑皆非的一次伪译(pseudo-translation)事件了。与标题及笔名之“俗”鲜明对照的，是前言中“雅”到极致、无比高大上的开场引语。斯威夫特引用了维吉尔著名史诗《埃涅阿斯纪》(*Aeneid*)卷一中的两行诗句：

> Venti indignantes magno cum Murmure Ventris,
> Circum Claustra fremunt, media sedet Æholus Arce.

《埃涅阿斯纪》开篇，恼火的朱诺女神想要兴风作浪，惩罚特洛亚人，但她首先需要得到埃俄路斯王的支持和帮助，因为后者是传说中的风之神，负责安抚、鼓动与管束四方诸风，拥有平息波涛和风暴的力量。

斯威夫特所引的这两行诗，描写的就是埃俄路斯王的威力。杨周翰先生用散文体翻译《埃涅阿斯纪》，这两句话是：“狂风怒不可遏，围着禁锢它们的岩洞鸣吼，山谷中响起了巨大的回声。但埃俄路斯王高坐山巅，手持权杖。”[②]

如果读者知道“fart” = “break wind”，就会立刻明白这

---

① Swift, Jonathan, *The Benefit of Farting Explaind: Or, the Fundament-all Cause of the Distempers Incident to the Fair Sex Inquir'd Into:... Wrote in Spanish, by Don Fart in Hando Puff-in Dorst, ... Translated Into English, ... By Obadiah Fizle, ...* London and Westminster: A. Moore, and sold, 1722.

② 维吉尔：《埃涅阿斯纪》(杨周翰译)，南京：译林出版社，1999年。

段关于狂风、风声以及控制力的描写，出现在一本名为*The Benefit of Farting*的书的一开头，是多么搞笑的一件事儿。埃俄路斯王这一古典庄严的形象轰然坍塌，顿时从“风神”堕落成一个“屁神”了。

妙手偶得与啼笑皆非

关于成语的定义，历来有不同的说法。黎锦熙先生认为："成语则三字以上，雅俗所习用者，如水落石出、吹毛求疵兹之类属之。"① 周祖谟先生认为："成语就是人民口里多少年来习用的定型的词组或短句。其中大部分都是从古代文学语言中当作一个意义完整的单位承继下来的。它的意思可以用现代语来解说。"②《辞海》下的定义是"习用的固定词组"；《现代汉语词典》（修订本）下的定义是"人们长期以来习用的、简洁精辟的定型词组或短句"。无论怎么定义，成语离不开"习用"是共识。

---

① 黎锦熙：《黎锦熙语文教育论著选》（黎泽渝、马啸风、李乐毅编），北京：人民教育出版社，1996年，第40页。

② 周祖谟：《汉语词汇讲话》，北京：人民教育出版社，1962年，第77页。

翻译的时候是否应该用成语，历来众说纷纭。董乐山先生的观点较为持中，他认为"运用成语是一门学问。应用得恰如其分，既能表达原意，译文又通畅可读，对读者来说是一件令人惬意的快事。但如应用不当，不仅歪曲了原意，而且译文成了陈词滥调的堆砌，牵强附会，使人有不伦不类之感"[①]。

我们先看些成语用得恰到好处，译文"通畅可读"的例子。严复先生是特别善用成语的，这当然与他的博学分不开。以脍炙人口的《天演论》开场白为例，严复将"the state of nature"译为"天造草昧"；将"man's hands had made no mark upon it"译为"人功未施"；将"at all times of the year"译为"旁午交扇，无时而息"；将"the unceasing struggle for existence"铺陈为"战事炽然，强者后亡，弱者先绝，年年岁岁，偏有留遗"；等等，译笔典雅，文采斐然。吴汝纶称赞《天演论》译文"往复顿挫，深美可诵"，这和严复的成语妙用不无关联。

今天的读者有可能觉得严复的译文古奥难解，其实严复用成语已经是为了照顾读者的理解。王佐良[②]评论严复"凡能用中国成语者都用成语"，是"体念读者的困难，尽量少用新名词"的考虑。严复自己说的更直白："但果为古文辞，则四字成语及新名词，皆在务去之列。"

白话文运动之后，创作和翻译的风气有很大的变化。胡适于《新青年》发表的《建设的文学革命论》中提出了著名的

---

① 董乐山：《文化的误读》，北京：中国社会科学出版社，1997年，第128页。

② 王佐良：《语言之间的恩怨》，天津：天津人民出版社，1998年，第254页。

“八不主义”,其中“不用典”“不用套语烂调”“不摹(模)仿古人”这几条,暗示行文还是少用成语为好;而最后一条“不避俗话俗字”,又让大家觉得某些成语还是可以用的。因为许多成语虽然出自经史典故,但经过长期“习用”,也成为俗语的一部分了。

林语堂指出:“凡一国之文字必有其传统性,欲入大众口中之文字尤必保存其传统性”,而“中国文字传统中锻炼出来之成语”,是我们宝贵的遗产,“若以为太不大众而摒弃之,恐不仅文不洁净,恐并‘辞达’二字亦办不到,其结果是否梦想中之‘大众’所欢迎,亦成疑问”。[①]

林语堂先生学贯中西,著译皆丰。他有不少自译的佳品,其中成语或四字短语的使用,可圈可点。而且,可能因为中文毕竟是母语,林语堂自译用的成语,有时候竟比英语原文还出彩。例如他的第一部英文长篇小说*Moment in Peking*,作者自译标题为《瞬息京华》,政论集*Between Tears and Laughter*,译为《啼笑皆非》。

再举林语堂自译《生活的艺术》(*The Importance of Living*)中两个句子为例:

For a nation to have a few philosophers is not so unusual, but for a nation to take things philosophically is **terrific**.

---

① 林语堂:《林语堂文选》,北京:中国广播电视出版社,1990年,第96页。

一个民族产生过几个大哲学家没什么稀罕，但一个民族能以哲理的眼光去观察事物，那是**难能可贵**的。

A Chinese poet has already warned us that the fountain of youth is a **hoax**, that no man can yet "tie a string to the sun" and hold back its course.

中国某诗人早已提醒我们说，青春之泉是**无稽之谈**，无人能系住光阴不让它前进。

英语原文中的"terrific""hoax"是寻常用词，反倒是译文里的"难能可贵""无稽之谈"更有文采，恰如其分而又一语中的。要是翻译为"好得很""一场骗局"，意思没有错，可文采就逊色很多。而且，在林语堂笔下，工整紧凑的成语和白话文松散的词法句式相得益彰。例如"unusual"译为"没什么稀罕"，而"terrific"译为"难能可贵"，一文一白之间，作品的文风也有波澜变化，读起来更觉雅淡冲和，辞达洁净。

傅雷也是运用成语得心应手的翻译大师。施蛰存回忆说，傅雷有一本《国语大辞典》，他常向这本辞典中去找合适的中国成语俗话，"有时我去看他，他也会举出一句法文成语，问我有没有相当的中国成语"[①]。尽管施蛰存并不赞同傅雷以成语译成语的办法，但从这里可以看出，傅雷先生十分重视

① 施蛰存：《沙上的脚迹》，沈阳：辽宁教育出版社，1995年，第142页。

翻译中的成语运用。金圣华在《傅译〈高老头〉的艺术》一文中，提到傅雷用“江山易改，本性难移”来翻译“Qui a bu boira”（酒徒终归是会喝酒的），用“委曲求全”翻译“Ménager la chèvre et le chou”（安排山羊和白菜，意思是让大家都高兴）。这样用成语翻译，译文干净利落，行文流畅，贴切传神。

只要我们留心一点，就会发现翻译中的成语妙用随处可见。成语涵容量大、简洁流畅、具有整齐的形式美与和谐的音律美，这个优势最明显可见于标题的翻译。从经典文学作品，如莎士比亚的《无事生非》（*Much ado about nothing*）、《皆大欢喜》（*As you like it*），到许多电影名的翻译，如《永不妥协》（*Erin Brockovich*）、《迫在眉梢》（*John Q*）、《春风化雨》（*Mr. Holland's Opus*）、《偷天换日》（*The Italian Job*）、《亡命天涯》（*The Fugitive*），或是《瞒天过海》（*Ocean's Eleven*），等等，翻译效果都很不错。

当然，翻译成语的滥用或使用不当，也是一个特别需要警惕的问题。钱伯城先生是我国著名的古典文学研究家，古文功底极佳，他就不赞成在翻译中过度使用成语：“我是站在反对派一边的，因为以外国小说而滥用中国成语翻译，就像穿西装却头戴瓜皮小帽、脚登（蹬）圆口布鞋一样的滑稽可笑。”①

毕飞宇在《小说课》中谈及本哈德·施林克（Bernhard Schlink）的畅销小说《朗读者》（*The Reader*）中一处翻译问

① 钱伯城：《观景楼杂著》，沈阳：辽宁教育出版社，1998年，第187页。

题。《朗读者》描写了发生在十五岁少年米夏伯格与三十六岁妇女汉娜之间的故事，交织了情感纠葛、身份秘密与历史罪责，非常动人心弦。

小说第四章，有一段关于女主人公汉娜换袜子的动作描写，也是米夏伯格和汉娜的"第一次亲密接触"。英文本是这样的：

> She took off the smock and stood there in a bright green slip. Two stockings were hanging over the back of the chair. Picking one up, she gathered it into a roll using one hand, then the other, **then balanced on one leg as she rested the heel of her other foot against her knee**, leaned forward, slipped the rolled-up stocking over the tip of her foot, put her foot on the chair as she smoothed the stocking up over her calf, knee, and thigh, then bent to one side as she fastened the stocking to the garter belt.
>
> "*Chapter 4*" *The Reader* by Bernhard Schlink[①]

汉娜在厨房换衣服，米夏伯格在楼道里等她，无意间从门缝里窥见汉娜穿长筒丝袜的一幕，十五岁少年的心被撩动了，空气中氤氲了懵懂的情欲。多年之后，米夏伯格还忘不了这一幕，不断回忆起汉娜当时的动作。

---

① Schlink, Bernhard, *The Reader*, New York: Vintage, 2001.

上文黑体字部分，汉娜抬腿穿丝袜的动作，在2006年译林出版社的版本中，被处理成“她**金鸡独立**似的用一条腿平衡自己，另外一只脚跟搁在这条腿的膝盖上”。对“金鸡独立”这个成语的使用，毕飞宇相当不满，他说：

> 面对“一条腿站立”这个动作，白描就可以了，为什么要“金鸡独立”呢？老实说，一看到“金鸡独立”这四个字我就闹心。无论原作者有没有把女主人公比喻成“一只鸡”，“金鸡独立”都不可取。它伤害了小说内部的韵致，它甚至伤害了那位女主人公的形象。——我说这话需要懂外语吗？不需要的。[①]

的确，“金鸡独立”这个成语，若是用在别的场合，形容一个人练功，一条腿站立，平衡力好，一点问题也没有。但是用在这里，则十分败兴。一个十五岁的少年眼中，原本那个温和、妩媚、具有诱惑力的（slow-flowing, graceful, seductive）动作，在读者心目中一下子变得滑稽可笑。毕飞宇虽然不懂英语，但他以一个小说家对语言的敏感，准确感知到这里翻译的失败，点评得十分在理。

但是不懂外语，毕竟也有不懂外语的局限，毕飞宇先生没有看出在同一段文字中，其实还出现另一处成语的滥用，同样

① 毕飞宇：《小说课》，北京：人民文学出版社，2017年，第71页。

也“伤害了小说内部的韵致，它甚至伤害了那位女主人公的形象”。偷窥的少年被发现，汉娜的反应在英文本和译林版的译文中，分别是这样描写的：

She felt me looking at her. As she was reaching for the other stocking, she paused, turned towards the door, and looked straight at me. I can't describe what kind of look it was — surprised, skeptical, knowing, reproachful.

“*Chapter 4*” *The Reader* by Bernhard Schlink

她感觉到了我的目光。那抓着长袜的手在半空中停住，向着门转过头来，直直的盯进我的眼睛里。我一时茫然，不晓得她是用怎样的眼光看着我的。是惊奇？是疑问？是心有灵犀？还是心里责备？

作者用了四个形容词去形容汉娜的眼神：surprised, skeptical, knowing, reproachful。非常传神，情感层次丰富而又戏剧性。其中，surprised（惊奇）、skeptical（疑问）、reproachful（责备）描写了汉娜发现自己被偷窥后情绪的自然波动和递进，容易理解，也不难翻译。但是，第三个形容词knowing却是一个很值得琢磨的情绪。

汉娜已经三十六岁了，一个十五岁少年的心思，她自然是了解的，因此在责备他偷窥之前，会有这个相当复杂的knowing的情绪出现。目前这个译本，把knowing翻译为“心有灵犀”，就太不合适了。心有灵犀是用来形容两个恋爱着的人，双方心心相印，彼此无须多言，都可以心领神会。文中的米夏伯格和汉娜还是第一次见面，汉娜又不是故意换衣服让少年偷窥，故意去勾引米夏伯格的，当发现少年看着自己的时候，汉娜的态度怎么可能是“心有灵犀”呢？这个词，未免将女主人公翻译得过于轻薄了。

曹文轩在评论《朗读者》这本书的时候，曾赞誉这是一部庄重的作品，“阅读这样的作品，容不得有半点的轻浮的联想”。哪怕是少年和成年女性之间的身体和灵魂的欢愉，原作也写得单纯美丽。译者如果对原作把握得更加到位些，翻译中对意象和情绪的处理也会更加细致一些，就不至于出现“金鸡独立”“心有灵犀”这样的成语滥用。

正如思果先生所言：“成语用得恰当，既传神，也简洁，可以看出译者的天分和文学方面的修养。用得欠妥，可以看出译者的头脑不清，不知道读者的反应。我以为与其用成语出毛病，不如不用。何况成语未必能表达得贴切，失之毫厘，谬以千里。若非中文很有把握，外文理解透彻，还是少用成语的妥当。”[①]

① 思果：《译道探微》，北京：中国对外翻译出版公司，2002年，第42页。

《流浪地球》的天空

2019年春节期间,《流浪地球》火了,在影院里满场,在朋友圈刷屏。该片在美国、加拿大、澳大利亚、新西兰等国,以普通话原声配英文字幕的形式同步上映,全球热议。在美国亚马逊旗下的IMDb影评网站,影迷们纷纷留言,对这部"史诗般的科幻大片"给予极高评价,认可这部影片所体现的与好莱坞大片不同的思维与视角。

好评如潮之余,也夹着些硬科幻迷的质疑声音,觉得高水准的视效和制作包裹之下,许多专业细节并没有照顾周全。部分英语观众还指出,影片字幕翻译中的拼写、语法错误较多,字幕滚动太快、与画面不配合等问题。有影迷建议大家应该先读一遍原作,再去观影,剧场体验会更好。

其实2017年,英语世界的科幻迷们已经读到了刘慈欣的《流浪地球》。自刘慈欣的《三体》(*Three-Body Problem Trilogy*,或 *The Remembrance of Earth's Past*)大热之后,刘慈欣的许多科幻作品都有了英译本。短篇小说集《流浪地球》(*The Wandering Earth*)由Ken Liu(刘宇昆)领衔,与Elizabeth Hanlon、Zac Haluza、Adam Lanphier和Holger Nahm等译者合作翻译,英国Head of Zeus出版社2017年出版,收录了以下十篇短篇小说[①]:

《流浪地球》	"The Wandering Earth"
《山》	"Mountain"
《中国太阳》	"Sun of China"
《赡养人类》	"For the Benefit of Mankind"
《太原诅咒》	"Curse 5.0"
《微纪元》	"The Micro-Era"
《吞食者》	"Devourer"
《赡养上帝》	"Taking Care of God"
《带上她的眼睛》	"With Her Eyes"
《地球大炮》	"Canonball"

在该书的封面上,有英国《卫报》(*The Guardian*)一句言简意赅的评价"SF in the grand style"(气势宏大的科幻)。

的确,刘慈欣的短篇小说和他的长篇作品一样,气势磅礴,时间铺陈动辄亿万年。而且和长篇小说相比,短篇小说的优势之一在于,读者往往不会过于纠结技术上的细节和矛盾,

---

① Liu Cixin, *The Wandering Earth*, London: Head of Zeus Ltd., 2017.

而更在意叙事和感情的冲击。

这一短篇小说集由五位译者合作完成，文体上却能保持相当一致，且全书没有添加一处注释，英文阅读体验非常流畅。这一方面当然归功于译者的才华，另一方面和科幻小说本身对翻译的容忍度也有关系。与其他类型的文学作品相比，科幻作品中更容易出现跨文化的拼贴、杂糅乃至混合。不少外媒评价，《流浪地球》中有着《世界末日》《地心抢险记》《地心引力》《星际穿越》等作品的影子，这使得《流浪地球》所讲述的故事，不难被英语世界接受并理解。

当然，科幻小说的叙事并不完全是普遍的、跨文化的。这个小说集里，也有许多充满中国元素的科幻故事，例如《中国太阳》所描绘的中国农民工现实、《赡养上帝》所强调的“孝道”，都有非常明显的文化特质。但《流浪地球》这个故事不属于此类，而具有普世性（universal）的意义。它从个体的视角，记录了一个在太阳氦闪发生之前，人类“阻止”地球旋转，并将地球从垂死的太阳轨道上发射出去，离开太阳系到达一个新的星系的时代。

对应这种普世意义的叙事，《流浪地球》还营造了一种普世意义上的诗意氛围。带着地球去流浪，从标题到结尾的歌声，哪怕面对冰冷死寂的世界末日，这个故事都充满了一种奇特的、超现实的美感。

文中对“天空”的描写，尤为出彩。

俗话说，“抬头看天，低头走路”，脚踏实地（乃至入地）是为了俗世的生存，而天空是永恒的超越与诗意所在。这样的诗意，不难穿越语言的屏障而为世人所感同身受。刘慈欣的文笔优美，英文翻译忠实流畅，权举几例以供欣赏。

故事一开头，“刹车时代”中，描写地球发动机喷射到空中的巨型光柱：

> 光柱蓝白色的强光在云中散射，变成无数种色彩组成的疯狂涌动的光晕，整个天空仿佛被白热的火山岩浆所覆盖。
>
> The clouds would scatter the beam’s blue-white light, throwing off frenetic, surging rainbow halos. The entire sky glowed as if covered in white-hot lava.

天空在光柱的照射下，有幻彩的光晕（rainbow halos），又如白热的岩浆。小学生“我”第一次的全球旅行，在大西洋清凉的海风中，第一次看到了夜空中的星星（for the first time in our young lives we saw the stars in the night sky），也第一次看到了宏伟的地球发动机，直接感受到“摇摇欲坠的天空”（teetering sky）的无限危机：

> 我从她的肩上极目望去，迷蒙的大地上，耸立着一片金属的巨峰，从我们周围一直延伸到地平线。巨峰吐出的光柱，如一片倾斜的宇宙森林，刺破我们摇摇欲坠的天空。

Resting my head on her shoulder, I gazed into the far distance. Gargantuan metal Peaks studded the hazy earth below, stretching all the way to horizon. Each Peak spat forth a brilliant jet of plasma, like a tilted cosmic forest, piercing our teetering sky.

“逃逸时代”中一开始的天空是压抑的。父亲已经牺牲，“我”和加代子来到地面看春天，但却没有看到：

世界仍是一片灰色，阴暗的天空下，大地上分布着由残留海水形成的一个个冰冻湖泊，见不到一点绿色。

The world was still a monochromatic gray. Under the overcast sky, frozen lakes of residual water dotted the landscape. There was not a single sprig of green to be seen.

当地球掠过火星，“巨弧下的天空都变成了暗红色，仿佛一块同星空一样大小的暗红色幕布在把地球同整个宇宙隔开”(the sky beneath it turned red, as if a velvet theater curtain were been drawn across the rest of the universe)。最为恐怖的时刻，是木星位于地球正上空的时候：

这时木星已占满了整个天空，地球仿佛是浮在木星沸腾的暗红色云海上的一只气球！而木星的大红斑就处在天空正中，如一只红色的巨眼盯着我们的世界，大地笼罩在它那阴森的红光中……

Jupiter now filled the entire sky. Earth was like a balloon floating on Jupiter's boiling red sea of clouds. The Great Red Spot climbed to the middle of the sky and stared down upon our world like a cyclopean eye. The entire landscape was shrouded in its ghastly light.

从一开始"摇摇欲坠"的"白热"天空，到压抑的"阴暗"天空，再到恐怖的"暗红色"天空，天空的颜色随着叙事的情绪而变化，读者的心情也经历了担忧、绝望以至极度的惊惧。而这一切情绪，终于在氦闪到来的那一刻得到了释放。"叛乱"一节中，人们还在围观最后五千名地球派的死刑，而氦闪终于发生了。这一次星系灭绝，对于脱离太阳系的地球而言，带着奇特的美：

太阳最后一次把它的光和热洒向地球。地面上的冰结的二氧化碳干冰首先融化，腾起了一阵白色的蒸气；然后海冰表面也开始融化，受热不均的大海冰层发出惊天动地的巨响；渐渐地，照在地面上的光柔和起来，天空出现了微微的蓝色；后来，强烈的太阳风产生的极光在空中出现，苍穹中飘动着巨大的彩色光幕……

The Sun shed its light and heat upon the Earth for one

last time. On the surface, the dry ice melted first, rising in plumes of white steam. Then the sea began to thaw, and the layers of ice began to creak and groan as they were heated unevenly. Gradually, the light softened and the sky took on a tinge of blue. Later, generated by the fierce solar winds, auroras appeared in the sky, great prismatic curtains of light fluttering across the heavens.

当天空呈现微蓝，我们也看到了未来。那一抹蓝色（a tinge of blue），就如同一丝希望，将陪伴地球的流浪，直到我们又一次找到家园的那一天。到时候，"固态的空气融化了，变成了碧蓝的天"（The solid atmosphere has melted, and the sky is clear and blue again）。

"流浪时代"最终以一首歌，在淡淡的忧伤和希望中结束了这个故事：

我知道已被忘却 流浪的航程太长太长 但那一时刻要叫我一声啊 当东方再次出现霞光 我知道已被忘却 启航的时代太远太远 但那一时刻要叫我一声啊 当人类又看到了蓝天	I know I have been forgotten This voyage wanders on and on But call me when the time comes When the East sees another dawn I know I have been forgotten Our departure is long past But call me when the time comes When men see blue skies at last

续表

我知道已被忘却 太阳系的往事太久太久 但那一时刻要叫我一声啊 当鲜花重新挂上枝头	I know I have been forgotten Our solar story is over now But call me when the time comes When blossoms hang from every bough

为了"那一时刻","东方再次出现霞光""人类又看到了蓝天""鲜花重新挂上枝头",所有一切都值得。整个故事里出现的其他所有"天空"意象,译者都用了普通的单数sky去翻译,而最后这首歌里的"蓝天",有心的译者却译为复数"blue skies",实为妙笔。Skies这个复数形式,不是为了强调数量的众多,而是为了表现范围的广阔。这个词在英文诗歌中频频出现。例如拜伦"She Walks in Beauty"中的名句:

She walks in beauty, like the night
Of cloudless climes and starry skies

又如威廉·布莱克(William Blake)的名作"The Tyger"中的句子:

In what distant deeps or skies
Burnt the fire of thine eyes?

再如因为《奔腾年代》(*Seabiscuit*)这部电影的引用而广

为人知的艾米莉·狄金森(Emily Dickinson)的诗句:

We never know how high we are
Till we are called to rise;
And then, if we are true to plan,
Our statures touch the skies —

《流浪地球》是一个关于地球的故事,也是一个关于天空的故事。感谢英语译者,提醒我们这个天空,不但是那抬头可见的sky,还是每个人心中保留的那片无穷无尽、无边无际的skies,充满了诗意,更充满了希望。

单数还是复数

我们谈到《流浪地球》中的天空，英文译本将原文中的“天空”译为“sky”，而将文末歌曲中的“蓝天”采用复数形式“blue skies”翻译，是一个有心的处理。这个例子也提醒我们，单复数在翻译中是一个值得注意的问题。

英语名词有可数与不可数之分，人称代词和可数名词有单数和复数的区别。汉语名词在逻辑上虽然有单复数之分，但是名词本身没有词尾的形态变化，复数一般通过前置的数词和量词来表达。当然，现代汉语也有一个常用的复数记号：“‘们’字表示人称代词的复数，和某一些名词的复数。”[①] 吕叔湘先生曾考察了复数词尾“们”的历史，发现了最早出现的形

① 王力：《王力文集》（第一卷），济南：山东教育出版社，1984年，第198页。

式是唐代文献里的“弭”和“伟”。宋代文献里作“懣、满、瞒、门、们”，元明时期多作“每”，明代中叶以后多用“们”。[1]

一般来说，“们”较多作为人称代词（如我、你、他、她）或指人名词（如丫鬟、小姐等）的复数词尾，而用在物类名词后面，则是“五四”后才出现的语言现象。在物类名词后加“们”表复数的语法现象，最初多见于翻译作品。早在1922年1月，从俄语翻译的《爱罗先珂童话集》中，鲁迅先生就使用了“羊们”“鱼儿们”“胡蜂们”“昆虫们”等表述，1927年翻译的《小约翰》里，也有“飞蝇们”这样的用法。

童话译作中，物类名词后加“们”表复数的用法，可能是出于拟人修辞的考虑，同时与鲁迅先生一贯坚持“直译”乃至“硬译”的翻译观也是一致的。鲁迅在给瞿秋白的《关于翻译的通信》中指出，翻译“不但输入新的内容，也输入新的表现法”[2]。印欧语名词由单数变复数，或加复数词尾，或通过内部屈折法表示。译成汉语时，若强调忠实于原文及其语法形态的表现，就会出现这个语缀“们”。

在鲁迅先生自己创作的作品里，也不乏类似的例子。梁实秋先生曾指出鲁迅的文字有时候过于生硬，并列举他所用的“们”字用法为证：“例如‘我决心和猫们为敌’‘狗们在大

---

① 《纪念文集》组：《吕叔湘先生九十华诞纪念文集》，北京：商务出版社，1995年，第43页。

② 鲁迅：《关于翻译的通信》，《鲁迅全集》（第4卷），北京：人民文学出版社，2005年，第373页。

道上配合’‘上海有各国的人们’‘这些眼睛们’，其中的‘们’字表示复数，但在中文里实无此必要。”①虽说这些“们”字的确并不必要，但这其实是鲁迅先生将欧化表达融入汉语的尝试，以待用精密的语法来改变中国人不精密的思路。

如今，名词后加“们”表复数的语法功能，已经得到大家的承认。有学者甚至认为，现代汉语中“们”字使用范围已经非常广泛，以至于“由助词或词缀而进一步演变为像一个单纯表示复数的、与英语中的复数词尾‘s’相类似的一个‘通用’的表示复数的语法单位了”②。

虽然“们”作为复数记号的语法功能已经众所周知，然而为了表达自然流畅，更多的时候，译者还是会采用更灵活的翻译。尤其当原文中的名词复数和其具体内容可以意会，或者数目多少并不重要的时候，翻译就不必保留复数的语法形式，而采用更符合目标语习惯的表达。

下面这段文字，选自莱辛（Doris Lessing）的小说*A Home for the Highland Cattle*，译文选自董秋斯翻译的《高原牛的家》（作家出版社，1958）：

So Marina, who had already made plans to rescue Theresa when she	因此，原来打算在德力萨失业的时候加以救济的玛

① 梁实秋：《梁实秋文集》（第5卷），厦门：鹭江出版社，2002年，第546页。

② 刁晏斌：《现代汉语史概论》，北京：北京师范大学出版社，2006年，第400—412页。

续　表

was flung out of her job, found that no rescue was necessary. From time to time Mrs. Black overflowed into reproaches, and lectures about sin. Theresa wept like the child she was, her fists stuck into her eyes. Five minutes afterwards she was helping Mrs. Black bath the baby, or flirting with Charlie in the yard. For the principals of this scandal seemed the least concerned about it. The days passed, and at last Marina said to Charlie: "Well and what are you going to do now?"	丽娜，发现任何救济都用不着了。布莱克太太时时骂上一顿，发表一通关于罪恶的演讲，德力萨用拳头捂起眼睛，照她那孩子样子哭上一场。五分钟后她又帮着布莱克太太给婴儿洗澡，或在院子里跟查理调情了。 关于这件丑事的重要问题，似乎是最少人关心的了。一天一天过去了，玛丽娜终于对查理说："喂，你现在作何打算？"

这一段译文非常通顺，原文中有的名词复数被转译为动词，如"plans"翻译为"打算"；"reproaches"翻译为"骂上一顿"；有的增添了合适的中文量词，如"lectures"翻译为"一通演讲"；在中文可以意会的情况下，原文的复数形式可以忽略，如"fists""eyes""five minutes""principals"分别译为"拳头""眼睛""五分钟""重要问题"；另外，还有的复数用叠词的形式去翻译，如"days"翻译为"一天一天"。（不过这里的principals一词，是指丑闻直接涉及的人，即德力萨和查理，董秋斯先生可能是理解错了，出现了误译。这句话的意思应该是：与这件丑闻直接相关的两个人，看起来倒是最不关心此事的了。）

有时候英语原文里的名词单复数的使用，可能是有特别用意的。辜正坤先生和江枫先生曾就艾米莉·狄金森“Wild Nights”一诗的翻译进行过商榷[①]，其中一个讨论的话题就是原作中“wild nights”，译文到底是否应该体现复数。江枫先生认为“nights”是一种泛指，译为“暴风雨夜”读者可以意会，也符合“以顿代步”的节奏需要。但辜正坤先生认为“nights”这个复数形式在诗中出现了三次，和倒数第二行的“tonight”对照起来，应有深意，因此在翻译的时候，不能模糊过去，他建议用“夜夜暴风狂雨”、“任他风雨雷霆多少夜”或“纵夜夜雨暴又风狂”等表述，明确译出复数的概念。

其实，江枫先生和辜正坤先生说的都各有道理。由于中英文表达习惯的差别，译者所面对的，其实是一个可译性限度的挑战。强调或点明英语中的复数，往往会影响文风的精练，也冒着化隐为显的风险，把原文自然的表述变得过于刻意。从乔治·奥威尔（George Orwell）《一九八四》开头的第一句话中，也可以看出英语复数名词汉译的困难：

> It was a bright cold day in April, and the clocks were striking thirteen.
>
> 四月中明朗清冷的一天。钟楼报时十三响。（刘绍铭译）
>
> 四月间，天气寒冷晴朗，钟敲了十三下。（董乐山译）

① 相关讨论具体可见辜正坤先生的《中西诗比较鉴赏与翻译理论》（第二版）第22章。

这是四月里的一天，天气晴朗却又寒冷，时钟敲了十三下。（孙仲旭译）

开头这句话，读起来简单到了极致，又充满了奇特的宿命感。要理解这句话的特别，可以从“四月”这个词切入，去思考这个月份在英国文学传统中带有怎样阴郁寒冷的隐喻；也可以从“明朗”“寒冷”这些形容词里，去体会一种自然而矛盾的张力；更可以从“十三”这个数字里，感受到军事化的不祥气息。

刘绍铭、董乐山、孙仲旭三位，都是我十分喜爱并敬佩的译者，可他们都没有翻译出原文中的一个小细节，就是敲响的这个“钟”，在英语原文里是复数的“clocks”。奥威尔用一个复数，不动声色地将读者带入一个钟声齐鸣，整齐划一，无一例外的世界，让人不寒而栗。

我曾经设想过，这句话翻译为“四月间，天气寒冷晴朗，所有的钟都敲了十三下”会不会更好。但最终还是放弃了这个想法，觉得没有必要过于刻意了，毕竟总有一些东西，是翻译没办法完全呈现给读者的，得留点空间，让细心的读者自己去寻找、发现、体会。

汉译英的时候，汉语表述的灵活、模糊的单复数概念给译者带来另一种挑战。原文可能没有挑明单数还是复数的概念，译者往往要决定翻译为单数还是复数。不同的翻译决策的背后，是译者对原作反复咀嚼推敲的苦心。

以《红楼梦》的书名为例。汉语并没有点名标题中的“楼”字是单数还是复数，而英文译者则要费些心思。王际真翻译的书名是*Dream of the Red Chamber*（1929），而杨宪益和戴乃迭的译本则是*A Dream of Red Mansions*（1978）。王际真认为“红楼梦”的意思就是“年轻小姐们的梦”（dreams of young maidens），“红楼”则是中国富家小姐们的居所，因此他选择了单数“red chamber”去表达一种私密闺房的感觉。[①]

而杨宪益和戴乃迭所理解的“红楼”，代表了宁荣二府，用复数“Red Mansions”去反映大宅府邸的气派。其实两种理解都是有道理的，而翻译始终难以两全。英国学者戴维·霍克思（David Hawkes）则煞费苦心回避了这个困难，取《石头记》之名译为*The Story of the Stone*。

汉诗英译的时候，单复数处理常常也是个译者会碰到的问题。刘若愚（James J. Y. Liu）先生在*The Art of Chinese Poetry*一书中，曾举了王维的《鸟鸣涧》中最后两句为例：

月出惊山鸟，时鸣春涧中。

原诗中的“山”“鸟”“涧”在中文中都没有说明单复数，但翻译的时候译者不得不决定应该使用单数还是复数。英文翻译可以是：

---

① Magill, Frank Northen, ed., *Masterpieces of World Literature*, New York: HarperCollins Publishers, 1989, p.226.

The moonrise surprises the mountain bird,
That cries now and again in the spring valley.

或者是：

The moonrise surprise the mountain birds,
That cry now and again in the spring valley (or valleys).

就这两句诗而言，刘若愚先生认为“汉语并没有‘数’的指涉，诗人无须纠结这些无关的细节，而应该将注意力集中在呈现春夜山中静谧的神韵”(As Chinese does not require any indication of “number”, the poet need not bother about such irrelevant details and can concentrate on his main task of presenting the spirit of a tranquil spring night among the mountains)[①]。

有些情况下，哪一个名词应该翻译成单数，哪一个应该翻译成复数，值得更仔细推敲，因为“这些看来像细节的问题，事实上严重地影响一首诗的意境”[②]。柯平先生在《英汉与汉英翻译教程》里举过一个很好的例子，就是元稹《行宫》的翻译[③]。

---

① Liu, James J. Y., *The Art of Chinese Poetry*, Chicago: University of Chicago Press, 1966, p.40.

② 余光中：《余光中谈翻译》，北京：中国对外翻译出版公司，2002年，第5页。

③ 柯平：《英汉与汉英翻译教程》，北京：北京大学出版社，1993年，第142页。

原诗中“白头宫女在，闲坐说玄宗”一句，并没有讲明有几个宫女，但是在英语中必须得有所交代。H. A. Giles将这首诗翻译为：

Deserted now the Imperial bowers
Save by some few poor lonely flowers
One white-haired dame,
An Emperor’s flame,
Sits down and tells of bygones hours. ①

而另一位译者W. J. B. Fletcher的翻译则不同，最后两句采用复数翻译：

Only some withered dames with whitened hair remain,
Who sit there idly talking of mystic monarch dead.②

林语堂*My Country and My People*一书中，也有这首诗的翻译：

Here empty is the country palace, empty like a dream,

---

① Giles, Herbert Allen, *A Chinese Biographical Dictionary*, Vol.1, London: B. Quaritch, 1898, p.124.

② Fletcher, W. J. B., *More Gems of Chinese Verse*, Shanghai: Commercial Press, 1919, p.186.

In loneliness and quiet the red imperial flowers gleam.
Some white-haired, palace chambermaids are chatting,
Chatting about the dead and gone Hsuanchuang regime.①

Giles采用单数翻译“宫女”，他译本的最后两句似乎说的是一个被皇帝遗弃的宫女，在对诗人讲述当年的往事。Fletcher和林语堂的翻译，都选择用复数翻译“宫女”。许多白发宫女坐在一起，无所事事，谈论已经去世的皇帝。元稹《行宫》原文并没有让我们去思考到底是一个宫女，还是一群宫女，但是这一点在英语中不得不交代清楚。不同译本给读者带来的总体感受都相当空虚冷漠，但译者对最后两句中单复数的选择，营构了完全不同的画面感。我们很难说哪一个画面更“正确”，因为细想之下，两种都是有可能的：一个人有一个人的“寂寞”，一群人有一群人的“寥落”。

也许有人会说，这就是在翻译中不得不失去的东西——原本模糊的意象、开放的文本，有可能在跨越语言边界的时候，不得不清晰明确起来。著名的小说家王蒙，谈及自己有一篇短篇小说《夜的眼》在翻译中遇到类似问题。这篇小说最初发表在1979年《光明日报》上，后来翻译成英、法、德、俄等多国文字。翻译的时候，这些译者给王蒙打越洋电话，差不多都问同一个问题：你的这个“夜的眼”，到底是单数还是复

① Lin, Yutang, *My Country and My People*, New York：Reynal & Hitchcock, p.251.

数？是eye 还是 eyes？王蒙回忆说：

> 我糊涂了！因为这里的可以有几种不同的解释，一种解释“眼”指的就是电灯炮（泡），那就是单数，还有一种解释就是主人公陈果观察各种事物的眼睛，那必须是复数，因为是人的眼，要加“s”，还有一种可能就是抽象的，没有数的概念，就是夜晚本身的眼睛，把夜晚拟人化，夜晚是没有单数复数之分，也是单数。当他们逼着我来考虑这个问题时，我感觉到实在是在受刑罚，在汉语根本没有这个问题。我当时起的名字就恰恰有这样一种神秘感，你可以说夜本身的眼，可以说夜里行人的眼睛，也可以说是电灯泡好像夜晚阴森孤独的眼睛，都可以。①

最后，王蒙给翻译家的回答是：你看着办，是一只眼就一只眼，是两只眼就两只眼。

可能我们在汉译英的时候，处理名词单复数问题的最终办法，就得靠译者“看着办”。哪怕再微不足道的细节，翻译决策之前，依然需要仔细看，看意象，看情绪，看各种语境因素。哪怕看到最后，翻译出来依然有缺憾，但这个“看”的过程，至少让我们练了眼力，更清晰地看懂了翻译过程中的取舍得失。

---

① 王蒙：《王蒙文集》（第八卷），北京：华艺出版社，1993年，第478页。

郭靖与黄莲花

近代中国翻译外国人名，常用的有“音译”和“改译”两种办法。前者如鲁迅在《域外小说集》中的做法：“人地名悉如原音，不加省节者，缘音译本以代殊域之言，留其同响，任情删易，即为不诚。”[①]后者如吴趼人在翻译日本菊池幽芳氏小说《电术奇谈·附记》中提到的策略：“书人名地名，皆以和文谐西音，经译者一律改过。凡人名皆改为中国习见之人名字眼，地名皆借用中国地名，俾读者可省脑力，而免艰于记忆之苦。”[②]“音译”的好处在于提醒读者作品的异域性，但单一的音译很可能造成原文重要信息的失落，遮蔽小说的创作艺术。“改译”的好处在于照顾了读者的阅读习惯，但源语言的地域

① 鲁迅：《鲁迅全集》（第10卷），北京：人民文学出版社，2005年，第170页。

② 吴趼人：《吴趼人研究资料》，上海：上海古籍出版社，1980年，第91页。

文化色彩难免消失殆尽,而且有变译为著的嫌疑。

晚清民初著名翻译家林纾,以“林译小说”为中国读者打开了外国文学之门。长久以来,学界有一个看法,认为林纾在翻译中有不少不忠实或“讹”的地方。近年来日本学者樽本照雄已经通过周密的底本考证和文本对比,试图说明林纾忠实的翻译态度,以澄清林纾“冤案”。早在1924年11月的《小说月报》上,郑振铎的《林琴南先生》一文也对林纾小说翻译和创作给予了肯定。郑振铎指出:“中国数年之前的大部分译者,都不甚信实,尤其是所谓上海的翻译家;他们翻译一部作品,连作者的姓名都不注出,有时且任意改换原书中的人名地名,而变为他们所自著的;有的人虽然知道注明作者,然其删改原文之处,实较林先生大胆万倍。林先生处在这种风味之中,毫不沾染他们的恶习,即译一极无名的作品,也要把作家之名列出,对于书中的人名地名,也绝不改动一音。——这种忠实译者,是当时极不易寻见的。”[①]可见,出于“忠实”的翻译标准,郑振铎更赞成用“音译”翻译人名。

中国文学作品中的人名往往具有丰富意涵,与人物个性、作者的创作意图和作品主旨关联密切,翻译如果只采用“音译”一刀切的做法,并不完全妥当。金庸著名武侠小说《射雕英雄传》第一卷的英译*A Hero Born: Legends of the Condor Heroes*出版后,曾引发网络热议,其中一个读者关注的焦点便

① 郑振铎:《林琴南先生》,《小说月报》,1924年11月。

是人名翻译。

郝玉青（Anna Holmwood）翻译的《射雕英雄传》中，郭靖、杨康的名字采用普通话音译为“Guo Jing”“Yang Kang”，但黄蓉就被意译为“Lotus Huang”、梅超风被译为“Cyclone Mei”、杨铁心被译为“Ironheart Yang”、包惜弱被译为“Charity Bao”、黄药师的全名被译为“The Eastern Heretic Apothecary Huang”，等等。

译者郝玉青解释说：“有些名字如果按照拼音来写，英文读者看起来会非常平淡，感受不到其中的含义。当然对于一些资深的金庸粉丝来说，把名字译成英文听起来就像绰号。我觉得金庸的小说本来就带有幽默，角色的人名、称号都带有强烈的金庸风格，我希望把这种风格也呈现给英文读者。”这个想法本身的确有道理，这样翻译之后，不少名字听上去有些怪，但也蛮有趣。然而书中有的名字音译，有的名字意译，译法没有统一，且看不出翻译策略区分的标准，这一点还是值得斟酌的。

不少译者都注意到翻译中国文学作品的人名，音义兼顾的必要与困难。葛浩文在翻译中国小说的时候，一般采用音译的办法，但如果遇到名字有特别意涵的，就会用注释说明。例如，在翻译《丰乳肥臀》的时候，七姐妹名字第一次出现的时候，翻译采用音译加注：来弟——Laidi（Brother Coming）、招弟——Zhaodi（Brother Hailed）、领弟——Lingdi（Brother Ushered）、想弟——Xiangdi（Borther Desired）、盼弟——Pandi

(Brother Anticipated)、念弟——Niandi(Brother Wanted)、求弟——Qiudi(Brother Sought)。

再如,莫言《天堂蒜薹之歌》一书的英译本中,葛浩文专门附上了《人物及发音指南》,不但为英语读者说明了中文姓名的前后位置,而且也解释了中国人相互称呼的习惯。此外,他还附上了全书主要人物的名字、称呼和他们的身份。在小说中,葛浩文采用了拼音的方法来翻译主人翁的名字,但在这份附录中,他为主人翁高马、高羊、金菊等人添加了中文名字的意译,分别是horse、sheep、golden chrysanthemum。部分原因可能是由于这些名字和人物的个性相关。高马、高羊两兄弟性格迥异,就像马和羊一样,一个勇敢一个懦弱。金菊是小说里温柔美丽而悲惨的女主人翁。译者认为有必要提醒读者注意这些中文名背后的意思,但又不希望西方读者在阅读的时候,觉得人物名字太过古怪,所以在译本中采用音译,同时添加副文本(附录)来呈现这些名字的意思。

2018年,美国Small Beer Press出版了温侯廷(Austin Woerner)翻译的*The Invisible Valley*(《迷谷》,苏炜著)。在人名翻译的处理方面,温侯廷尝试将音译和意译结合起来,没有一刀切地"音译",也没有一刀切将原作的人物都按照英语习惯改头换面,而是根据语境做出相应的翻译决策。下表列出了《迷谷》中主要人物的中文称呼及其英语翻译,很明显可以看出,温侯廷的译文采用了音译与意译相结合的办法。

温侯廷翻译《迷谷》的时候,一部分人名用了音译,另一部分用意译。仔细对照之下，会发现采用音译的，都是山外农场人员的名字，而采用意译的，是山里流散户的名字与称呼。译者之所以这样做，是因为原作中介绍山里流散户阿佩一家的时候，多少会提到他们名字的来历。阿木“力大无脑”“木头木脑”、“阿蜞”取自“蟛蜞”、“阿虱”取自“龙虱”、阿扁的名字来源于“在山里不说死，说扁”，阿扁父亲给他取这个名字“说做流散的命贱，叫扁，就克了扁”，等等。流散户的名字，其字面意思符合人物身份和性格特点，名字与其行事之间相互映衬。流散户甚至用山里的规矩，给先后闯入他们生活的两个牛倌起了绰号，亲昵地称呼路北平“四眼”或“臭脚”，贬称老金头“金骨头”。对于这些名字，译者采用了意译的办法，并且尤为可贵的是，英语译名毫不古怪，就如同地道的英语绰号一般，让这些人物在英语中显得非常真实、鲜活、可信。正如瓦特在《小说的兴起》中所言，在小说中“取的名字应该是巧妙得既恰如其分，又意有所指，而且听起来还要像日常生活实际那样”[①]。

音　译		意　译	
路北平 阿北 阿路	Lu Beiping Bei Lu	四眼 臭脚	Four Eyes Stinky Feet

① 伊恩・P. 瓦特：《小说的兴起》，北京：生活・读书・新知三联书店，1992 年，第 13 页。

续 表

音 译		意 译	
朱弟	Chu		
阿彩	Choi		
阿芳	Fong		
球叔球婶	Mr. and Mrs. Kau		
阿娴	Han		
阿荣	Wing		
老金头	Caffer Kam	金骨头	Kambugger
		阿佩	Jade
		八哥	Kingfisher
		头哥	Horn
		阿扁	Smudge
		阿木	Stump
		阿秋	Autumn
		阿蜞	Tick
		阿虱	Roach

通过音译保留作品中人名的地域性，又通过活灵活现的意译来呈现特定人名的性格意蕴，而音译和意译的并置，巧妙对应革命农场和流散户的身份及地域差异，既让英语读者感到来自南中国的异国情调，又在这情调中读出“异中之异”，温侯廷对《迷谷》中人名的处理，可谓极具匠心。

由于人名在小说中出现频次高，翻译的好坏，会直接影响读者的阅读体验以及对作品的接受。总的来说，翻译文学作品的时候，人名翻译无非是改译、音译、意译这几种办法。既要兼顾发音，又要传递意思，还得照顾读者的阅读习惯，方方面面都照顾周全，几乎也不太可能。最简单方便的做法，可以采用音译加注的处理，把名字的意思放在副文本中解释；也可以将几种不同的翻译方法结合起来，把需要强调的人名用意译的方法凸显出来，但是如果这样做，译者应该充分了解自己翻译策略背后的理据，避免凭主观感觉来做决定。

闲话家常

英语“gossip”一词，意思是在背后议论别人的私事。中文常常翻译为“说闲话”“流言蜚语”“说长道短”“搬弄是非”等，大多含有贬义。

古英语中，这个词的词源是godsibb，意思是教父母。这个词由God（上帝）与sibb（血亲）组成。到了14世纪中期，sibb的意思有所拓展，可以用来指任何相熟的人，而godsibb一词则转而表示陪产的女性。生孩子的过程会很漫长，在等待过程中，这些女性免不了东扯西拉家常琐事，后来godsibb便有了“说闲话”的意思。

莎士比亚的戏剧作品为我们理解gossip一词的历史变迁提供了许多文本证据。《仲夏夜之梦》（*A Midsummer Night's Dream*）里调皮的小精灵帕克（Puck）常常化成一颗焙熟的野苹果，躲在gossip的酒碗里。这里的gossip，借用古英语中这个词的本义，指教母。

And sometime lurk I in a gossip's bowl,
In very likeness of a roasted crab.
有时我化作一颗焙熟的野苹果，
躲在老太婆的酒碗里。

（朱生豪译）

《错误的喜剧》第五幕（*Comedy of Errors*, Act V, Scene 1）中，gossip用来指教父母为孩子受洗的庆典，并且gossip出现了用作不及物动词的情形，词义也有进一步拓展，可以表示欢宴上的交谈：

Aemilia: 住持尼（爱米利娅）
Go to a gossips' feast, and go with me —
After so long grief, such nativity!
大家来参加一场洗儿的欢宴，陪着我一起高兴吧。
吃了这么多年的苦，现在是苦尽甘来了！

Solinus, Duke of Ephesus 公爵
With all my heart, I'll gossip at this feast.
我愿意奉陪，参加你们的谈话。

Dromio of Ephesus 小德洛米奥

Will you walk in to see their gossiping?

你还不进去瞧他们庆祝吗？

（朱生豪译）

根据《牛津英语词典》（*Oxford English Dictionary*）的记录，gossip用作及物动词，可以追溯到莎士比亚的《终成眷属》（*All's Well That Ends Well*，梁实秋先生译为《皆大欢喜》）第一幕中海丽娜（Helena）的台词：

with a world of pretty, fond, adoptious christendoms,

That blinking Cupid gossips.

以及一大堆瞎眼的爱神编出来的

可爱的、痴心的、虚伪的名字。

（朱生豪译）

这里"gossip"一词的用法，已经有了无中生有、胡编乱造的意思，但并没有特别的贬义。虽然大多数的宗教将gossip看作极其恶劣的"罪"（sin），文学作品对于人情世故往往有更为微妙的理解与同情。

简·奥斯汀是一个特别懂得书写"gossip"的作者。在她的笔下，闲谈是十分常见的故事场景，更是极其重要的叙事元素。弗吉尼亚·伍尔夫有一句著名评论："在所有伟大作家当中，简·奥斯汀是最难在伟大的那一瞬间捉住的。”（... of all great writers she is the most difficult to catch in the act of greatness.）[①]想要捕捉简·奥斯汀小说的伟大艺术，就必须从她笔下那一场场衣香鬓影的舞会，一次次串门的下午茶，一桌桌的纸牌、家宴、数不清的散步与闲谈里寻找线索。

《诺桑觉寺》（*Northanger Abbey*）中，约翰·索普（John Thorpe）和蒂尔尼将军（General Tilney）在剧院里关于凯瑟琳·莫兰（Catherine Morland）的窃窃私语；《理智与情感》（*Sense and Sensibility*）中，德文郡（Devonshire）的巴顿村舍（Barton Cottage）里，来访的爱德华（Edward Ferrars）与达什伍德姐妹对于财富、爱情、乡村生活的讨论；《傲慢与偏见》（*Pride and Prejudice*）中，麦里屯（Meryton）的左邻右舍、关于金小姐（Miss King）的雀斑和财富的评头品足、罗新斯庄园里此起彼伏的流言；《曼斯菲尔德庄园》（*Mansfield Park*）中，白色阁楼上范妮·普莱斯（Fanny Price）和埃德蒙·贝特伦（Edmund Bertram）推心置腹的交谈；《爱玛》（*Emma*）中，女主人公对哈丽特（Harriet）和绅士埃尔顿（Mr. Elton）的撮合，对弗兰克（Frank）与简·费尔法克斯（Fairfax）关系的调侃；《劝导》（*Persuasion*）中，“莱姆事故”（The day at Lyme, the fall from the Cobb）带来的各种惊慌失措；以及没有写完的《桑

---

① Virginia, Woolf, “Jane Austen at Sixty”, Athenaeum, 15 December 1923, reprinted in Jane Austen: The Critical Heritage, ed. by Brian C. Southam, Vol.2, London and New York: Rourledge and Kegan Paul, 1968, 281–283.

迪顿》(*Sanditon*)中，对体弱多病的拉姆比小姐(Miss Lambe)的种种猜测……

简·奥斯汀故事中的人物对“gossip”有异乎寻常的热心和兴趣，有读者甚至认为这些闲言碎语有时候会影响故事情节的主线。但实际上，正如帕特里夏·斯帕克斯(Patricia Spacks)所言，小说需要坚定地关注人类交往以及“生活表面”最琐碎的细节，而这些细节往往会通过“闲言碎语”表现出来，并推动情节(Gossip impels plots)。①

《劝导》(*Persuasion*)第十七章，史密斯夫人与安妮的对话，直接谈到gossip的重要性。当时，史密斯夫人因为伤风卧床不起，女房东的妹妹鲁克是个护士，每天过来照顾史密斯夫人，陪她说话。史密斯夫人告诉安妮：

> ... She has a fund of good sense and observation, which, as a companion, make her infinitely superior to thousands of those who having only received “the best education in the world”, know nothing worth attending to. **Call it gossip**, if you will, but when Nurse Rooke has half an hour’s leisure to bestow on me, she is sure to have something to relate that is entertaining and profitable: something that makes one know one’s species better.

① Spacks, Patricia Meyer, *Gossip*, New York: Knopf, 2012, p.7.

One likes to hear what is going on, to be au fait as to the newest modes of being trifling and silly. To me, who live so much alone, her conversation, I assure you, is a treat.

她富有理性，善于观察，因此，作为一个伙伴，她要大大胜过成千上万的人，那些人只是受过“世界上最好的教育”，却不知道有什么值得做的事情。你要是愿意的话，**就说我们是在聊天吧**，反正鲁克护士要是能有半个钟头的闲暇陪伴我，她肯定要对我说些既有趣又有益的事情，这样一来，能使我更好地了解一下自己的同类。人们都爱听听天下的新闻，以便熟悉一下人们追求无聊的最新方式。对于孤苦伶仃的我来说，她的谈话真是一种难得的乐趣。

（孙致礼译）

安妮完全理解史密斯夫人的感受。她回答：

I can easily believe it. Women of that class have great opportunities, and if they are intelligent may be well worth listening to. Such varieties of human nature as they are in the habit of witnessing! And it is not merely in its follies, that they are well read; for they see it occasionally under every circumstance that can be most interesting or affecting. What instances must pass before them of ardent, disinterested, self-denying attachment, of heroism, fortitude, patience, resignation: of all the conflicts and all the sacrifices that ennoble us most. A sick chamber may often furnish the worth of volumes.

这我完全可以相信。那个阶层的女子有着极好的机会，她们如果是聪明人的话，那倒很值得听她们说说。她们经常观察的人性真是五花八门！她们熟悉的不仅仅是人性的愚蠢，因为她们偶尔也在极其有趣、极其感人的情况下观察人性。她们一定见到不少热情无私、自我克制的事例，英勇不屈、坚韧不拔和顺从天命的事例，以及使我们变得无比崇高的奋斗精神和献身行为。一间病室往往能提供大量的精神财富。

（孙致礼译）

也许和所有的批评话语一样，gossip必须在更受社会尊重的叙事中才能找到合理的表达方式。在奥斯汀的笔下，gossip与优雅的谈话之间，并没有截然区分，正如小说本身与所谓的“严肃”文学一般，是可以融为一体的。简·奥斯汀笔下乡村小屋里的gossip，不但凸显人物个性，营构叙事悬念、烘托叙述者独特的讽刺声音，在一定程度上，可被视为小说作为一种现代文体的发展动力之一。回顾中国小说史，gossip也发挥过类似的作用。班固曾说，“小说家者流，盖出于稗官，街谈巷语，道听途说者之所造也”，鲁迅则称其为“琐屑之言”。可见，小说这种文体最初的写法，追溯起来总归离不开闲谈。

当然，对于gossip所带来的用途、乐趣，其话语的性别特质，在乡村社会生活中扮演的角色，对无辜者是否造成伤害，乃至其叙事话语的伦理性，这些都是有争议的话题。Gossip作为与家庭生活、世俗交往紧密相关而又喜闻乐见的一种消遣，看似微不足道，其实却具有操纵和利用他人感知的能力，对现实也可能具有颠覆性的破坏力。这也许就是gossip这个词常常用作贬义的原因之一。

钱锺书的小说《围城》里有这样一幕：孙柔嘉暗自跟方鸿渐抱怨，婆家口舌是非太多，自己适应不了大家庭生活里的诡计暗算，觉得非常委屈。方鸿渐没心思搭理，便只是自言自语道："School for scandal，全是School for scandal，家庭罢，彼此彼此。"两人后来便将家庭比作没法逃学的"造谣学校"。

方鸿渐所说的"造谣学校"，典故源自英国18世纪剧作家谢立丹（Richard Brinsley Sheridan，1751—1816）的著名世态喜剧《造谣学校》（*The School of Scandal*，1777）。该剧描写了以斯尼维尔太太为首的一群麇集无聊、无事生非、以散播流言蜚语为乐的贵族男女，以诙谐却又尖刻的笔调，对温文尔雅的上层社会及其虚伪自私的特性进行了尖锐的讽刺。

这部剧作在民国时期颇受中国文学界人士喜爱。1929年，受徐志摩之约，伍光建为新月书店翻译了《造谣学校》，由梁实秋校并序。梁实秋对《造谣学校》一剧评价甚高，称其

"布局之紧凑，对话之幽默、俏皮、雅洁，以及主题之严肃，均无懈可击，上承复辟时代喜剧的特殊作风，下开近代喜剧如萧伯纳作品的一派作风"。后来，梁实秋在《谈话的艺术》一文中，再次谈到这部剧："英文gossip 一字原义是'教父母'，尤指教母，引申而为任何中年以上之妇女，再引申而为闲谈，再引申而为飞短流长，而为长舌妇，可见这种毛病由来有自，'造谣学校'之缘起亦在于是，而且是中外皆然。不过现在时代进步，这种现象已与年纪无关。"[①]

梁实秋说"现在时代进步，这种现象已与年纪无关"，隐约暗指这种现象和性别多少有些关系。其实，在现实生活中，闲谈或者是飞短流长，从来也并非"长舌妇"的专利。即便是谢立丹在《造谣学校》中活灵活现描绘的上层社会八卦群像，其中不乏许多贵族男子。正如该剧第二幕第三场中，薛爵士所言：

Sir Oliv.　Ay, I know there are a set of malicious, prating, prudent **gossips**, both male and female, who murder characters to kill time, and will rob a young fellow of his good name before he has years to know the value of it.

薛爵士　我晓得有一群**专好说人坏话的人**，男女都有，专拿毁坏他人的名誉做消遣，少年人不晓得名誉可宝

① 梁实秋：《梁实秋文集》（第2卷），厦门：鹭江出版社，2002年，第391页。

贵，往往被这一群人毁坏完了。

（伍光建译）

在这里，“gossip”一词专指“说人坏话的人”。《造谣学校》中的gossip一词，头顶上有一片scandal的乌云，完全就是搬弄是非，毁人名誉——有非常糟糕的贬损含义。

1893年，奥斯卡·王尔德（Oscar Wilde）在另一出相当著名的风尚喜剧《温德米尔夫人的扇子》（*Lady Windermere's fan*）中，则以睿智诙谐的方式，调侃了gossip和scandal的区别。以下对话节选自该剧第三幕，中译文选自余光中先生的译本：

LORD WINDERMERE　Dumby, you are ridiculous, and Cecil, you **let your tongue run away with you**. You must leave Mrs. Erlynne alone. You don't really know anything about her, and you're always **talking scandal against her**.

温大人　邓比，你简直荒谬；而赛西尔呢，你也是**信口开河**。不要再说欧琳太太了。你们对她其实一无所知，却老是**说人家坏话**。

CECIL GRAHAM　[Coming towards him L.C.] My dear Arthur, I never **talk scandal**. *I* only **talk gossip**.

格瑞安　（走向他，到台左中央）我的好亚瑟呀，我从来不**说人坏话**的。“我”**只说闲话**。

LORD WINDERMERE **What is the difference between scandal and gossip?**

温大人 **坏话跟闲话有什么不同?**

CECIL GRAHAM **Oh! Gossip is charming! History is merely gossip. But scandal is gossip made tedious by morality.** Now, I never moralise. A man who moralises is usually a hypocrite, and a woman who moralises is invariably plain. There is nothing in the whole world so unbecoming to a woman as a Nonconformist conscience. And most women know it, I'm glad to say.

格瑞安 **哦!闲话多有趣呀!历史嘛不过是闲话。可是在道学的嘴里,闲话变得沉闷乏味,就成了坏话。**哼,我从来不讲仁义道德。满口道德的男人,通常都是伪善,而满口道德的女人呢,毫无例外,一定是相貌平庸。天下最不配女人的一样东西,就是不信国教的良心了。幸好,女人大半都明白这道理。

在王尔德的笔下,gossip是charming的,而scandal则是tedious的,两者的区别就在于后者被强加了仁义道德的伪善判断。余光中先生将“talk scandal”译为“说坏话”,将“talk gossip”译为“说闲话”，既简洁利落，又符合原文所言两者之间因为道学判断而起的差别。

无论如何评价gossip，似乎我们都无法否认，它是我们生活中难以避免，甚至也是不必避免的一部分。随着现代新闻业的发展，gossip更是成为信息分享乃至社会评论机制中不可或缺的重要环节。即便是隐居在瓦尔登湖畔、享受生活之简单朴素的梭罗，也不排斥闲谈，甚至以相当诗意的语言来描述它：

> Every day or two, I strolled to the village to hear some of the gossip which is incessantly going on there, circulating either from mouth to mouth, or from newspaper to newspaper, and which, taken in homeopathic doses, was really as refreshing in its way as the rustle of leaves and the peeping of frogs.
>
> 每天或隔天，我散步到村子里去，听听那些永无止境的闲话，或者是口口相传的，或者是报纸上互相转载的，如用顺势疗法小剂量地接受它们，的确也很新鲜，犹如树叶的瑟瑟有声和青蛙的咯咯而鸣。
>
> （徐迟译）

这一段里“taken in homeopathic doses”一处，徐迟翻译为“如用顺势疗法小剂量地接受它们”，读起来有些别扭。我另外查看了几个译本，王家湘的版本是“按顺势疗法那样微剂量地摄入”，仲泽则译为“好像服用了顺势疗法的制剂”，为了保留原文的表述，译文都显得非常生硬。这句话的意思本身倒是不难懂的，便是少量闲话，姑妄听之倒也无妨。

美国很多报纸都设有Gossip Column，以报道名人政客的逸事趣闻甚至丑闻为主。这些报道所说的事件，虽然不是空穴来风，但往往也算不上正规的新闻，而近乎说长道短，故归为gossip。最初设立这种专栏的大多是《纽约每日新闻》(*New York Daily News*)、《纽约邮报》(*New York Post*)、《天天新闻》(*Newsday*)这样的小报(tabloid)，后来为了吸引更多读者，诸如《华盛顿邮报》(*Washington Post*)也设立了Gossip Column 。这个名为“The Reliable Source”(可靠来源)的栏目，自1991年设立以来，经过著名记者劳埃德·格罗夫(Lloyd Grove)、文化评论家海伦娜·安德鲁斯(Helena Andrews)等人的苦心经营，俨然已经是大华盛顿地区人人必读的专栏了。

这样看来，gossip和评论、批评的话语之间的界限，似乎也变得模糊不清了。郁达夫在《批评与道德》一文中说：“邪正的辨别，是非的公论，上自在祭坛上立着的庄严的神像，下至村坊下流传着的卑俗的闲谈(gossip)，都是对文明，对思想，对社会，对政治及其他一切的批评。”①

---

① 郁达夫：《艺文私见》，长沙：湖南文艺出版社，1996年，第105页。

我想，如果一定要区分闲谈的高低尊卑，我们也许可以在埃莉诺·罗斯福（Eleanor Roosevelt）那句名言中，找到令人满意的答案：Great minds discuss ideas, average minds discuss events; small minds discuss people.

比蜜糖还甜的吻

谁也不能否认，莎士比亚是写“吻戏”的高手。他戏剧里的接吻瞬间各式各样，有羞涩、慌乱、甜蜜、温柔、绝望，甚至疯狂，让人读之久久回味难忘。朱生豪先生的翻译相当传神，在这里权举几例欣赏：

I kissed thee ere I killed thee — no way but this:
Killing myself, to die upon a kiss.
我在杀死你以前，曾经用一吻和你诀别；
现在我自己的生命也在一吻里终结。

（朱生豪译）

So sweet a kiss the golden sun gives not

To those fresh morning drops upon the rose,
As thy eye-beams, when their fresh rays have smote
The night of dew that on my cheeks down flows:
旭日不曾以如此温馨的蜜吻
给予蔷薇上晶莹的黎明清露，
有如你的慧眼以其灵辉耀映
那淋下在我颊上的深宵残雨

（朱生豪译）

What's to come is still unsure.
In delay there lies no plenty.
Then come kiss me, sweet and twenty.
Youth's a stuff will not endure.
将来的事有谁能猜料？
不要蹉跎了大好的年华，
来吻着我吧，你双十娇娃
转眼青春早化成衰老。

（朱生豪译）

Their lips were four red roses on a stalk,
Which in their summer beauty kiss'd each other.
那嘴唇就像枝头的四瓣红玫瑰，
娇滴滴地在夏季的馥郁中亲吻。

（朱生豪译）

莎士比亚对“吻”最热烈、最直接的描绘，当属他初登诗坛的叙事长诗《维纳斯与阿多尼》(*Venus and Adonis*)中，维纳斯强吻阿多尼的那一幕了。莎士比亚以饱满而无拘无束的笔触，描写了维纳斯对阿多尼的爱恋和追求。大胆热情的维纳斯对年轻俊美的阿多尼一见倾心，穷追不舍，恳切示爱并“强吻”美少年。这一“吻”，铺陈了数十个诗节，写得波澜迭起，婉转动人，读者在这种热烈欢快情绪的感染下，也会忍不住怦然心动。

一开篇，维纳斯就被阿多尼的美貌吸引，迫不及待向他示好，毫不掩饰自己如火的欲望(以下译文均选自屠岸先生的译本[①])：

And yet not cloy thy lips with loathed satiety, But rather famish them amid their plenty, Making them red and pale with fresh variety, Ten kisses short as one, one long as twenty:	不要厌腻不情愿，别紧闭嘴唇， 而是要无数的亲吻还让它觉得饿， 让双唇在不断的亲吻中红润白嫩， 十个吻好比才一个，二十个顶一个。

维纳斯一边表白，一边动手将阿多尼强行拽下马，将美少年搂在怀中。阿多尼几乎恼羞成怒，甚至于破口大骂，但维纳

① 莎士比亚：《莎士比亚诗歌全编：长篇叙事诗》(屠岸、章燕译)，哈尔滨：北方文艺出版社，2016年。

斯热烈的吻却丝毫不容他反抗：

Even as an empty eagle, sharp by fast, Tires with her beak on feathers, flesh and bone, Shaking her wings, devouring all in haste, Till either gorge be stuff'd or prey be gone; Even so she kissed his brow, his cheek, his chin, And where she ends she doth anew begin.	她好似一只恶鹰，腹中空荡荡， 用尖喙撕扯着羽毛、皮肉和尸骨， 她扑闪双翼，狼吞虎咽急慌慌， 要么噎着喉咙，要么猎物下肚； 就这样她吻他的眉毛、面颊和下巴， 吻完了，重新吻一遍，绝不作罢。

在维纳斯强大的攻势下，阿多尼的反对终究徒劳，无奈同意了维纳斯的要求。但这一吻始终不情不愿，让读者也会替他们别扭：

Upon this promise did he raise his chin, Like a dive-dapper peering through a wave, Who, being look'd on, ducks as quickly in;	他答应了她的恳求，将下巴微微抬 像一只小鸊鷉隐约在浪花间窥探， 它刚一露头，鸭子们就蜂拥过来，[①]

① 此处原文“ducks”是动词，表示“低下头，弯下身(以免被打中或看见)；躲闪；躲避；迅速行进”。屠岸的译本翻译为“鸭子们”，是为误译。

续 表

So offers he to give what she did crave; But when her lips were ready for his pay, He winks, and turns his lips another way.	就这样他抬起她极度渴望的脸蛋， 可就在她的唇要贴近扬起的面庞， 他闪烁的眼睛把嘴唇扭向了一旁。

维纳斯爱欲的烈焰燃烧得正烈，当然不能接受这样的敷衍。其实，与其说阿多尼冷若冰霜，不如说美少年涉世未深，尚不解风情。维纳斯于是使出百般温柔，“口把口”地教会阿多尼亲吻的秘密：

Touch but my lips with those fair lips of thine, — Though mine be not so fair, yet are they red — The kiss shall be thine own as well as mine. What seest thou in the ground? Hold up thy head: Look in mine eye-balls, there thy beauty lies; Then why not lips on lips, since eyes in eyes? Art thou ashamed to kiss? Then wink again, And I will wink; so shall the day seem night;	把你那可爱的嘴唇凑过来亲一亲—— 我的唇不比你的美，可也红得艳—— 这亲吻属于你自己，也令我欢心。 地上有啥好看的？快抬起你的脸。 细看我眼睛，你的美就在我眼中， 眼睛中有眼睛，为何唇和唇不相碰？ 亲吻你怕难为情？那就闭上眼， 我也把眼睛闭起来，白昼变夜晚。

续 表

Love keeps his revels where they are but twain; Be bold to play, our sport is not in sight: These blue-vein'd violets whereon we lean Never can blab, nor know not what we mean.	爱情只留给一对情人去寻欢： 作乐要大胆，可别叫外人看见。 我们就靠在这蓝色紫罗兰花束旁， 这事儿定没人会窥见去到处乱讲。

伊丽莎白时代的新教教义不允许无节制的放纵，而《维纳斯与阿多尼》中维纳斯的追求劝诱如此大胆、自由、无拘无束，莎士比亚的创作在当时无疑会引起争议，也有不少批评家曾经对莎士比亚笔下的维纳斯大肆贬斥和批评。时至今日，这首诗歌中体现出的对于爱欲与美，以及真诚天然之本性的崇尚，已经得到绝大多数读者的认同与欣赏。

如今，我们看到屠岸先生和朱生豪先生所翻译的莎士比亚笔下的"吻"，如此动人心弦，也许会忘记中国文学传统中，其实是不太愿意谈论"吻"的。著名的文学批评家希利斯·米勒（Hillis Miller）曾经出于好奇，将宇文所安（Stephen Owen）编写的一千多页《中国文学选集》（*An Anthology of Chinese Literature: Beginnings to 1911*, 1996）翻了个遍，竟没有找到一个"吻"字。在米勒看来，这实在是匪夷所思的事儿，因为"吻"恰恰是西方文学反复歌咏的主题。[①]

① Miller, Joseph Hillis, *Literature as Conduct: Speech Acts in Henry James*, New York: Fordham University Press, 2005, p.33.

回到中西文学相遇的初期，这个“吻”字的确并不是那么容易翻译。佛典翻译中已经出现了这样的尴尬。《华严经·入法界品》中，讲到善财童子遇到美貌惊人的婆须蜜多，要拜她为师，而婆须蜜多说，你必须拥抱（alingana）我，亲吻（acumbana）我，才能离欲，到达入定的境界。但是东晋时期的汉译就没有直译出“拥抱”和“亲吻”，而是分别采用音译“阿梨宜”和“阿众鞞”去翻译。（若有众生。阿梨宜我者。得摄一切众生三昧。若有众生。阿众鞞我者。得诸功德密藏三昧。）不懂梵文的读者，看到这样的译文，大概还真不明白要怎么做才好。

光绪三十年（1904年），《教育世界》杂志上刊登了王国维的《红楼梦评论》。这是中国第一个运用西方哲学和美学观念，从文学批评角度来衡定《红楼梦》艺术价值的研究，在红学史上有十分重要的意义。王国维开篇引用了华尔格（Gottfried August Burger）的诗歌，在翻译中也遇到了“kiss”这个难题：

Ye wise men, highly, deeply learned, Who think it out and know, How, when and where do all things pair? Why do they kiss and love? Ye men of lofty wisdom say What happened to me then;	嗟汝哲人，靡所不知， 靡所不学，既深且跻。 粲粲生物，罔不匹俦， 各啮厥唇，而相厥攸， 匪汝哲人，孰知其故： 自何时始？来自何处？ 嗟汝哲人，渊渊其知， 相彼百昌，奚而熙熙？

续 表

Search out and tell me where, how, when, and why it happened thus.	愿言哲人，诏余其故： 自何时始？来自何处？ 王国维译

其中“Why do they kiss and love?”一句，翻译为“各啮厥唇，而相厥攸”，用今天的眼光看来，未免感觉用力过猛了一点。因为“亲吻”这个动作，在中国古代是床笫之间私下的欢愉，不可能拿到公共空间来展示、观看，或是讨论，即便是文字描写，往往也出现在俗文学中，如“拍惜了一顿，呜咂了多时，紧抱着噷，那孩儿不动”（金・董解元《西厢记诸宫调》），或是“那怪不识真假，走进房，一把搂住，就要亲嘴”（明・吴承恩《西游记》）。“呜咂”也好，“亲嘴”也罢，听上去也都是没法入诗的，翻译为“各啮厥唇”，也许是王国维能想到的最雅驯的表达。

王力先生说，翻译外国的词语，用口语的词有时候不恰当，所以要用古义造词，便举了“kiss”一词的翻译：“有时虽可译为‘亲嘴’，但中国所谓‘亲嘴’含有猥亵的意思，而kiss有时是纯洁的，所以只好另找‘接吻’二字去译它。”[①]语言的发展，既有翻译的催化，也有现代经验的演变。想到如今读莎士比亚的时候，不需要看到主人翁“各啮厥唇”或是“呜咂其口”，也实在觉得是件幸事。

是为记。

---

① 王力：《谈谈学习古代汉语》，济南：山东教育出版社，1984年，第9页。

Jabberwocky到底是什么?

《爱丽丝漫游奇境记》(*Alice's Adventures in Wonderland*, 1865)和《爱丽丝镜中奇遇》(*Through the Looking-Glass, and what Alice Found There*, 1871)是路易斯·卡罗尔(Lewis Carroll, 1832—1898)的代表作。这两部作品出版之后,以奇幻的想象、风趣的语言和盎然的诗情,成为儿童文学史上广受欢迎、经久不衰的经典。作者卡罗尔是一名数学家、逻辑学家,他在写作中设计了大量玄怪诙谐的文字游戏,充满巧妙的逻辑悖论和语义混沌,也吸引了许多文学评论家和语言学家的关注与研究。

《爱丽丝镜中奇遇》中有一首诗"Jabberwocky",被誉为英语世界里最伟大的胡言诗(Cronin, *A Companion to Victorian Poetry*)。爱丽丝在睡梦中钻进了镜子里,遇到许多稀奇古怪的角色。在故事的一开头，爱丽丝拿起桌上的一本书，但上面尽是她不认识的字，开头一段如下：

ykcowrebbaJ

sevot yhtils eht dna, gillirb sawT'
;ebaw eht ni elbmig dna eryg diD
,sevogorob eht erew ysmim llA
.ebargtuo shtar emom eht dnA

爱丽丝怎么也看不懂，但她突然意识到，她是在镜子里旅行，因而把书对着镜子，镜子里的文字就是它们原来的样子了。于是，爱丽丝读到了这首诗：

Jabberwocky

by Lewis Carroll

'Twas brillig, and the slithy toves
Did gyre and gimble in the wabe;
All mimsy were the borogoves,
And the mome raths outgrabe.

"Beware the Jabberwock, my son!
The jaws that bite, the claws that catch!
Beware the Jubjub bird, and shun

The frumious Bandersnatch!"

He took his vorpal sword in hand;
Long time the manxome foe he sought —
So rested he by the Tumtum tree
And stood awhile in thought.

And, as in uffish thought he stood,
The Jabberwock, with eyes of flame,
Came whiffling through the tulgey wood,
And burbled as it came!

One, two! One, two! And through and through
The vorpal blade went snicker-snack!
He left it dead, and with its head
He went galumphing back.

"And hast thou slain the Jabberwock?
Come to my arms, my beamish boy!
O frabjous day! Callooh! Callay!"
He chortled in his joy.

'Twas brillig, and the slithy toves

Did gyre and gimble in the wabe;
All mimsy were the borogoves,
And the mome raths outgrabe.

读完之后，爱丽丝评论说："这诗好象（像）是很美，可是倒是挺难懂的！""不知道怎么，它好象（像）给我说了许多事情似的——可是我又说不出到底是什么事情！横竖有个谁杀了个什么就是了；这是明白的，不管怎么——"（赵元任译）

爱丽丝的反应也许与大多数读者是一样的。我们无法确知这首诗里许多名词的指称意义，然而这并不妨碍我们读懂这首诗讲述的故事，也不妨碍我们感受到这首诗的趣味。这首诗讲述了一个年轻人战胜一只恐怖怪物的故事，诗歌的句法完全符合规范，但大量使用了作者自创的新词。评论家马丁·加德纳（Martin Gardner）认为，"那些稀奇古怪的单词没有精确的意义，但却通过微妙的泛音形成和谐的共鸣"（Although the strange words have no precise meaning, they chime with subtle overtones）[①]。

这些"稀奇古怪的单词"里，有一个便是这首诗的标题：Jabberwocky。这首诗第一节最初于1885年刊登在卡罗尔为自己的兄弟姐妹与朋友所办的家庭杂志*Misch-Masch*上，但全诗是路易斯·卡罗尔在Sunderland附近的Whitburn与亲

① Gardner, Martin, "The Annotated Alice: The Definitive Edition", London: Allan Lane The Penguin Press (2000): 8–10.

戚住在一起时写的。有研究者认为，卡罗尔创作的时候，创作灵感一部分可能来自当地流传的莱姆顿龙（Lambton Worm）传说，也有和公元600年左右居住在英格兰的盎格鲁-撒克逊人流传下来的英雄屠龙传说有关。而根据*The Lewis Carroll Handbook*一书的看法，这首诗可能是受一首古老的德国民谣《牧羊人和巨人山》（*The Shepherd of the Giant Mountains*）的影响，这首诗的英译者恰好是卡罗尔的一个亲戚，因此卡罗尔很可能看过这个"年轻的牧羊人杀死可怕狮鹫"的故事。甚至还有人说，"Jabberwock"的灵感来自牛津大学基督教堂学院花园的一棵古老的大树，扭曲的树枝在空中张牙舞爪，给了卡罗尔灵感。①

这首诗正文中的怪物被称为"Jabberwock"，诗歌中对怪物的描写极其有限，我们只知道它会咬会抓（"The jaws that bite, the claws that catch!"），眼睛冒火（with eyes of flame），除此之外，读者尽可以随心所欲地想象Jabberwock是个什么样的怪物。约翰·坦尼尔（John Tenniel）1872年为《爱丽丝镜中奇遇》绘制的经典插图中，把"Jabberwock"画成像一条恶龙的怪物，背后有翅膀，身上有龙鳞，尾巴细长，脖子像蛇一样伸展，鼓鼓的灯笼眼，龅牙，张牙舞爪。比较让人觉得好笑的地方是它还穿着一件小背心。这一点总让我联想起《爱丽丝漫游奇境记》中穿着背心、会从背心口袋里掏出怀表看

---

① Williams, Sidney Herbert, Madan, Falconer, and Green, Roger Lancelyn, *The Lewis Carroll Handbook*, New York: Oxford University Press, 1962.

时间的兔子。

这首诗以“Jabberwocky”命名，和以屠龙英雄命名的《贝奥武甫》（*Beowulf*）不一样，这首诗的标题迫使我们把怪物视为诗的中心力量。“Jabberwocky”中，英雄反倒是无名的，怪物却拥有一个生造出的、充满神秘色彩的名字。汉译的时候，如果采用音译的办法翻译为“贾巴沃克”，恐怕不是一个明智的做法。弄不好，中文读者还以为是个名字特别的小男孩呢，完全没有英文名字那种神秘而又有些吓人的感觉。

《爱丽丝镜中奇遇》有好几个中文译本。其中“Jabberwocky”一诗的标题，不同译者各有不同的翻译策略。李尚武翻译的《镜中世界》（译林出版社，2010）将该诗标题译为《歌诌胡》，吴钧陶翻译的《爱丽丝镜中奇遇记》（上海译文出版社，2012）译为《胡言乱语》，并添加了译者的注解，解释“胡言乱语，原文为Jabberwocky，是作者卡罗尔在本书中杜撰的一个单词，后来一些英语词典中正式收录。下面还有一些这样的怪字，读者，特别是小朋友们，不必认真对待，只要觉得好玩就行”。这两个翻译都不算错，特别是吴钧陶的译本，将标题的来龙去脉解释得一清二楚。可惜的是，读到这个标题的时候，总有一点被剧透的感觉。要知道，“胡言乱语”实在是要“认真对待”，才会更好玩的呀。

另外，王永年翻译的《爱丽丝镜中奇遇》（接力出版社，2015）将标题译为《恐龙怪兽》，林良则将这首诗单独翻译为《尖嘴妖之歌》（远流出版社，1999）。“恐龙”也好，“尖嘴妖”也好，很容易看懂这是个吓人的怪物，可惜规定了具体形象，也限制了读者的想象空间。赵明菲翻译的《艾丽丝镜中奇遇记》（大众文艺出版社，1998）将这首诗的标题译为《蛟龙杰伯沃基就诛记》，张华翻译的《爱丽丝镜中棋缘》（远流出版社，2011）则译为《扎勃沃龙》。这两个译本都试图将“Jabberwocky”在翻译中把音形结合起来，各有千秋。

我个人认为，最有意思的译本，还是赵元任先生翻译的《走到镜子里》（商务印书馆，2002）。赵元任先生将“Jabberwocky”翻译为“炸脖鼍”，乍一看像是“炸脖龙”，再仔细看看，赵元任先生的意思，鼍应该是个下形上声的字，读作“卧”。这样一来，这个词就音义两全了。而且更重要的是，原诗的题目“Jabberwocky”是个卡罗尔生造出来的新词，赵元任也用个生造字“炸脖鼍”去对译。尽管也许有读者会反对“炸脖”二字可能带来的联想意象，但鼍字的译法，实在是很高明。

侯世达（Douglas Hofstadter）在《哥德尔、艾舍尔、巴赫：集异璧之大成》（*Gödel, Escher, Bach: An Eternal Golden Braid*）一书中曾谈到翻译“Jabberwocky”这首诗的困难。他指出：“在日常语言中，翻译的任务更直接，因为源语中的每个词或词组，通常都可以在另一个语言中找到相对应的词或词组。与之相反，在胡言诗中，许多词语都不具备日常意义。”①

① Hofstadter, Douglas, *Gödel, Escher, Bach: An Eternal Golden Braid*, New York: Vintage Books, 1980, p.372.

换言之，一般情况下，翻译是一项译意的活动，而翻译胡言诗的时候，译者要处理的并不只是通常所说的“意义”，更重要的是一种特定的“意义生成机制”。赵元任先生翻译的这首“炸脖䴉”，不仅在标题以生造词对译生造词，而且几乎所有卡罗尔在诗中设下的语言“圈套”，赵元任均见招拆招，又在中文里重新巧妙布阵。这一以文章巧构的形式等值为旨归的策略翻译“Jabberwocky”让人叫绝。有心的读者不妨去找来赵元任先生的译本，慢慢琢磨。

花的低语

安敏轩（Nick Admussen）是康奈尔大学中国文学与文化助理教授，翻译当代四川诗人哑石诗集《花的低语》（*Floral Mutter*），获2017年美国笔会/海姆翻译奖，由Zephyr Press 出版。其本人著有四本诗集。本文中提到的《人物速写》（"Character Sketch"）一诗，选自获奖（Two of Cups Press Chapbook Prize）诗集《不即不离》（*Neither Nearing nor Departing*）。

敏轩将他刊登在这期《新英格兰评论》（*New England Review*）的文章 "Errata" 发给我。一看到题目，我就忍不住会心一笑，想起了我们一次关于诗歌和翻译的交谈。我和中山大学的同事们正在进行一项关于中国当代文学外译译者的研究。2017年初，美国笔会/海姆翻译奖揭晓，看到敏轩翻译的四川诗人哑石诗集《花的低语》获奖，我特别为敏轩高兴。想起他答应过我，在方便的时候造访中山大学，于是就借这个契机，邀请他来和我们交流一下这本诗集的翻译始末。后来，在春暖花开的南国，我们就举办了一场“域外花开：中国当代诗歌的西行漫游”（2017年4月10日）的讨论会。

敏轩为讨论会准备的第一首诗，就是这篇文章里提到的《满月之夜》：

满月之夜　哑石

现在　我不能说理解了山谷
理解了她花瓣般随风舒展的自白
满月之夜　灌木丛中瓢虫飞舞
如粒粒火星　散落于山谷湿润的皱褶
有人说：“满月会引发一种野蛮的雪……”
我想　这是个简朴的真理：在今夜
在凛冽的沉寂压弯我石屋的时候。
而树枝阴影由窗口潜入　清脆地
使我珍爱的橡木书桌一点点炸裂
（从光滑暗红的肘边到粗糙的远端）
曾经　我晾晒它　于盈盈满月下
希望它能孕育深沉的、细浪翻卷的
血液　一如我被长天唤醒的肉体
游荡于空谷听山色暗中沛然流泄

Full Moon Night　tr. Nick Admussen

Currently I cannot say that I understand the valley

understand the petal-like, windborne unfolding of her confession

full moon night in the underbrush, ladybugs flutter

like the grains of stars falling into the valley's wet creases

someone says: "the full moon can trigger a kind of savage snow ..."

I think that's a simple truth, tonight

when the biting cold of silence crushes my stone house.

And shadows of branches steal in through the window the oak desk

that's so fragile I am forced to love it has exploded just a little bit

(from the glossy maroon nub of the elbow off to coarse distance)

once I dried it out under the overfilled moon

hoping it would gestate with deep, swirling waves

of blood like how the vast sky woke my flesh up

to wander an empty valley listening to mountains' secret, copious spill

哑石的原诗充盈着饱满的感性情愫，词语的张力将复杂的情绪与感觉抽象化，古典的意象凝固为现代的诗意，深情里保持着悖论式的沉静和节制。敏轩的译诗成功再现了原诗的基调：优美、内敛，又不失力量。其中，“the oak desk/ that’s so fragile I am forced to love it has exploded just a little bit”一句蕴含的情绪强度，尤为引人注目。当然，双语读者会很容易看出来，这句实际上是对原诗的误译。原诗中“树枝阴影由窗口潜入”，影子投射在“我珍爱的橡木书桌”上，看起来书桌好像裂开了，随之而来的是一种“清脆”的感觉。在敏轩的译诗中，重点变成了“the oak desk”（橡木书桌），“fragile”（清脆/脆弱）用以形容书桌，并成为“I am forced to love it”（不得不珍爱它）的理由。在上面的文章中，敏轩已经分享了他和哑石之间关于“清脆”的讨论。如果不纠结于特定的物象，而把“清脆”理解为对整个心理过程的描述，敏轩的译诗在诗意的质地上，并没有偏离原文。

另外，我还想补充一点。原诗中描述书桌的形容词“珍爱的”，在敏轩的译文里被转换为动词性的表述“I am forced to love it”（不得不珍爱它），恰是译者另一处值得称道的“创造性的叛逆”。如果说，我对书桌的“爱”，在原诗中是既定的、预设的、理所应当的，甚至是平淡无奇的，在译诗中则被表现为疼痛的、挣扎的、带着拒斥而最终得以成全的。他用的这个动词“爱”——作为动作、作为过程、作为决定——又何尝不是“清脆”的呢？

当时，我还不知道敏轩这句诗背后的故事。只觉得这句“误译”，迸发出了一个“清脆”的瞬间，要是借用庞德的意象派诗论的说法，这便是一个凄美的时刻(poignant moment)，充盈着智性和感性(an intellectual and emotional complex)的时刻。在中大四月紫荆园的花影下，敏轩第一次和我谈起他的童年、父亲、书桌，也就是“Errata”这篇文章讲述的故事。这个故事也更让我们坚定地相信，这句“误译”比任何“正解”都更加接近了原诗。

诗歌翻译，总会让人想到弗罗斯特的那句“诗歌就是在翻译中失去的东西”(Poetry is what gets lost in translation)。事实上，翻译里那些失去的诗意，往往会以意想不到的方式重新获取。2017年，美国笔会/海姆翻译奖的颁奖词说，安敏轩翻译的四川诗人哑石的诗歌集《花的低语》，经过完美的平衡与润色，重塑了原诗的意象和声音，将语言带到荒诞的悬崖边缘，在深渊上空发出独特的声音。读完“Errata”，我们也许会更深切明白，这个独特声音，已经不仅是哑石的声音，也不仅是敏轩的声音，更是“花的低语”，在语言和经验的边际，发出的一声“清脆”的回响。

附：Errata勘误

原文：[美]安敏轩　翻译：王岫庐

2015年一期《新英格兰评论》(*New England Review*)，刊登了我翻译的四川诗人哑石的两首诗。正如所有优秀的诗一样，哑石的作品是无法改述的。总感觉我的努力还不完整，我的翻译也都充斥着不恰切的言语、误解以及困惑。即便如此，在《满月之夜》的翻译中，我觉得自己还是犯了一个错误。有那么一刻，作为译者的我放松了警惕，而一个幽灵悄然潜入。以下是2015年刊登出来的相关诗行：

And shadows of branches steal in through the window the oak desk

that's so fragile I am forced to love it has exploded just a little bit

而树枝阴影由窗口潜入　清脆地
使我珍爱的橡木书桌一点点炸裂

这两行诗，从字面上看就是复杂的、不可译的。例如，在诗行的中间有一个留白，造成了空白两边的语词间语法或逻辑关系的不确定性。还有一个问题：独特的副词“清脆”，它包含了两簇意义，一个是“清越”，常常用来形容音乐；另一个是“脆弱”、“尖利”甚至“易碎”。我上次曾在一包台湾饼干包装袋上见过这个词。可是，我的译本毫无理由地曲解了原诗的句法。

2017年4月，应王岫庐和李红满二位老师的邀请，我访问了中山大学外国语学院。她们注意到我翻译的这句诗，指出我将重点移到“橡木书桌”，用“清脆”去形容书桌，也误解了

“使”真正的主语是什么。如果严格遵循原诗的语法、意义、语序，翻译成英语应该是这样的：

And shadows of branches steal in through the window fragilely
making my beloved oak desk explode just a little bit

或者是这样的（虽然，更好的翻译也许得把这两个版本叠加起来，而这又不可能做到）：

And shadows of branches steal in through the window clear and melodious
making my beloved oak desk explode just a little bit

中山大学这两位老师的逻辑很清晰。我知道她们说得对。我插入了整个“如此脆弱以至于我不得不爱它”（so fragile I am forced to love it）的概念。这个概念原诗里没有，是我代入的。而我知道这一想法的缘起。

1979年，我出生三个月后，我的父亲里查德（Richard L. Admussen）住进了医院，医生诊断他患上了不治之症——白血病。他是圣路易斯华盛顿大学的法语教授，曾写过有关法国诗歌和贝克特的著作。为了养育四个孩子，他在1979—1980学年重返工作岗位并获得了教学奖，于1981年4月28日去世。

父亲是家中的核心元素，但对我而言，他几乎完全不在场：我不知道他的中间名，不知道他喜欢什么书，也不知道他教过什么课。我知道他很高，我哥哥说父亲有六尺六寸高，父亲总带着一只体型庞大的、名叫“雨果”的法国伯瑞牧羊犬，会给人留下深刻的印象。一位邻居曾把他们俩戏称为“最高的人，带着最大的狗”。

不知不觉，父亲在我的生命中无处不在。我们靠他的保险金维持生活，四个孩子到18岁以前都有社会保障。作为教师子弟，哥哥和我入读华盛顿大学：我们家的好朋友米利卡·巴尼亚宁（Milica Banjanin）是俄语教授，我们入学的时候，他都去新生登记处提醒他们，不但要给我们教师子弟的优待，而且要给我们极其丰厚的、20世纪80年代初有过的教工子弟的福利。我从来没有收到过任何一张来自大学的收费单。

即便在我读大学以前，我父亲的书桌也始终伴随着我的成长。当初，家里买了第一套房子，父亲设法找到足够的材料，凑成一个不好看却相当实用的写字台。他把两个废弃的图书馆卡片目录架的上段锯下来，大约有四英尺的高度，然后将一个中空的门横架在中间。抽屉原本用来存储索引卡片，所以很浅。为了让抽屉好用些，父亲把原来放置卡片的木条换成了木板。他没有用钉子，只是把这些材料都堆起来，刷上一种绿油油的漆：对一个需要省钱、个头很大、还喜欢待在户外的人来说,这是个完美的工作台了。

小时候,书桌就是阁楼上我们放电脑的地方。那里,房子里的声音会渐渐隐去。很长一段时间,我很喜欢那个地方。后来,母亲又结婚了,我们搬家,书桌给了哥哥;后来又给了我。因为这张绿桌子可以分开,搬起来也容易。一开始,我把它搬去了圣路易斯的学生公寓,去中国的时候把它寄存在货仓,后来我读了诗歌写作的艺术硕士学位,住在一个便宜的公寓,就把桌子搬去那里。再后来,搬去我和艾米丽的第一个公寓,又搬去寄存,最后搬到普林斯顿大学研究生院,我开始在那里学习中国文学。

我从未认为自己在追随父亲的脚步,因为他没有任何脚步声;母亲的影响很重要,母亲的声音,我能听见。父亲没有给我留下任何建议或训导,我从未读过他的书。我并不梦想成为一名教授,我希望有人会喜欢我的诗集,这样我就用不着读博士了,读博士需要的语言研究实在是让人两眼发直。

最终,我还是在父亲的书桌上完成了博士需要的语言研究。我姐姐送给我一张凳子作为礼物(普通人用这张桌子,需要特别高的椅子才成)。从我还没有记事开始,细心的姐姐就会留意到我的裤子短了、衬衣旧了、家具坏了,并且帮我换成更合适的。书桌是不可替代的,尽管三十年的时光,加上搬来运去了好多回,也够它受的。木头间的摩擦使得抽屉渐渐开裂,抽屉上的金属拉手也脱落了。在我童年谷仓式的家中,看起来气派庄严又必不可少的这个装置,放在一个470平方英尺的公寓里却显得相当怪异。我还记得，曾为一年级同学举办过一次聚会：中国同学三三两两坐在沙发上，对着这个书桌大为惊叹："这里感觉好小呀！"跨国关系——通过翻译，简化和精练成外语脱口而出——实在是令人意外的直白。

普林斯顿不适合我待下去。当时，敬爱的导师因为新工作搬去加利福尼亚，艾米丽（她当时已经把书桌一块块搬上搬下，折腾了好几年）开始在洛杉矶读博士，离开不是一个艰难的决定。主要的问题是钱：我们不得不横跨整个国家，搬去一个昂贵的公寓，靠研究生津贴生活。我们最后决定，开着我导师的车横跨美国，先把艾米丽安定下来，我再坐飞机回来，完成我在新泽西的工作，然后永远搬走。我们只能带走能塞进车里的东西，那也就意味着，桌子带不走了。

我打电话给哥哥，他也没办法把书桌拿走，并且说这书桌很破旧了，还非常不实用。除了圣路易斯的阁楼，我无法想象这张书桌会属于任何地方。我早就习以为常，得到或是扔掉旧家具。我想也许可以把书桌送给别人，通过慈善机构，把书桌转到另一个高大的、也想写本书的人那里去。和以前一样，我清空书桌，把抽屉拿出来，把纵向木槽留在抽屉里面。因为木头已经翘曲了，每个木槽都只适合特定的抽屉，搬桌子的时候，你得确保它们保持匹配。然后我把它们放在卡车里，这卡车我只租了一个晚上。

慈善机构的工作人员带走了母亲给我的咖啡桌，桌上还有个小洞（我们以前一直用手指从这个洞里面伸出来，玩危险的打地鼠游戏）。但是当我把书桌卸下来，放到仓库惨白的灯光下，在家具经理的眼里看来，这只是一堆俗气的上了油漆的木头，这些材料原本在20世纪70年代也只是垃圾，时间也并没有让它更好看。这是慈善机构，它曾经尽职尽责为我提供我买得起的沙发和床垫，但它不负责解决我的心理问题。最后，机构负责人说我可以用他们的垃圾箱。我不记得那种感觉，是我让父亲失望了，抑或这是我将后悔的决定。记得那天下着雨，我把第一个卡片目录柜放到垃圾箱底下的水里，那一刻，突然袭来一种童年曾有过的感觉，就像我曾经把牛奶洒在一本珍爱的书上。我本该保护它的，但我没有。它永远毁灭了，现在，它再也不可能是美好的了。这是我做过的事。

我把这件事多少告诉了广州的岫庐老师。我相信她当时表达的方式更复杂，但我的记忆被我有限的汉语口头表述过滤了，只记得她说："噢，那真的很伤心。"她其实想与我商榷，为什么我应该保留最初翻译的那行诗，而不该将它改为更忠实于原诗。我很难接受这样的做法，因为首先我对哑石有责任，他将自己的诗歌托付于我；其次，我本该对语法的逻辑得心应手：在成长为一个诗人的过程中，我对卡尔·菲利普斯（Carl Phillips）的密集而复杂的句法结构，以及玛丽·乔·班恩（Mary Jo Bang）跳跃的逻辑联想了然于心，甚至当我不得不牺牲韵律和节奏的时候，我认为自己也能够理解语词之间或隐或现的逻辑。并且，我渴望弥补一些东西，一个糟糕的翻译看起来也完全有可能是一个好机会；这与我一贯对生命体验感受到的忐忑不安是一致的。家里家外，事情的发生完全不是我能控制的，生死、悲喜，也总是在我有能力去弄懂它们之前，就已经发生了。几年前我自己写过一首诗，描写一种被动的感觉，我麻木地接受了父母，就像接受一个梦：

Character Sketch

When I dream, people turn into you
without changing their qualities and I feel towards them
as I did before they were you.
That is you. That is my experience of you.

人物速写

我做梦的时候，人们变成了你
而无须改变任何品质，我对他们的感觉
和他们成为你之前如出一辙。
那就是你。那是我关于你的体验。

我希望自己做出来的一些东西，是正确的，我要把它改正过来，修改哑石的诗（还有我发表的所有其他翻译——谁知道还有什么东西，曾从窗户偷偷潜入？），我要创作一个新的译本，一个没有浸湿的、没有损坏的译本。但是岫庐老师坚持说："我喜欢原句的表达方式，删去它太可惜了，那是我最喜欢的一行诗啊。"所以这篇文章一开始，就解释了我的错误，为什么我犯了这个错误。我发邮件给哑石，列出了对这首诗的不同理解，询问他的想法。这是他的回信：

> 函中提到《满月之夜》那一句，我的原意是用“清脆地”来形容影子潜入……使书桌炸裂这一整个过程，意即这整个过程给叙述者的感受是清脆的。“清脆”一词，最好不是落实到“影子”或者“书桌”哪一个物象上，而是用于整个过程的心理效果。若翻译中不好处理，现有的三种意思中，我倒是偏向于敏轩原来的选择，虽然好像和原文表层字面意思不合，但在感受的诗意质地上，却和原意更近些。

敏轩就是我，是我的中文名字。哑石的回信就和他本人一样：温柔、支持、周到。我从未见过哑石的孩子，我也完全不可能去比较，但我觉得他是一个很好的父亲。他的结论会让岫庐老师很满意：是的，这句翻译的语法错了——副词“清脆”去形容任何名词都是让人无法理解的，更别说去形容书桌了——但这并不是真正的问题。任何一个物体，它的失落会导致阴影；每一份感情，它的消逝会带来恐惧。哑石《满月之夜》的结尾，叙述者把书桌拉到月光下，希望它可以“孕育深沉的、细浪翻卷的/血液”。可行的解决方案并非永生或者逃避，而是重生。因为我们以如此脆弱的方式拥有、存在；因为所有砍下的木头都在膨胀、开裂；因为白血病；所以，我们必须不断充盈自己、制造、被制造，至少直到我们再也无能为力。

译者对误译始终心存遗憾。我无比抱歉地承认，我仍然不知道翻译应该是什么样子，是否存在一个稳定又“正确”的译本。我会不断尝试：也许我一次次的误译，最终将会昭明原诗。我不知道如何回忆父亲，也不知道我在慈善机构停车场本该怎样做。纪念，如果说有所谓的纪念，似乎它恰恰发生于我的言说之外。我现在能做的，只是告诉你我做了什么，向你描述翻译过程带来的心理效果、文本质地的体验，语言与语言之间，父亲与儿子之间，作者与读者之间，是多么“清脆”，多么脆弱，多么像音乐。

/ 三、生活的译境 /

天上掉下了“手推车”

毛姆曾说，“words have weight, sound, and appearance”。翻译的时候，我们往往首要关注“重量”，但这并不是说，译者就不需要考虑“声音”与“形象”的因素。事实上，语言形象极其丰富多彩，是译者不可能回避的一个翻译难点。

在英国读书的时候，班上的同学来自各个国家，每周有一次多语的讨论课，大家就某一个话题在不同文化和语言里的表述方式展开讨论。每次讨论都热火朝天。有一次讨论的话题是，在你的语言中，人们如何描述“下大雨”。

我们都知道，英语里有个比较搞笑的表述：“It’s raining cats and dogs.”（雨下得真大，好像下了好多猫猫狗狗。）要是形容更大的雨，英语里还有个重量级的表述：“It’s raining elephants and giraffes.” 连大象和长颈鹿都从天而降，雨势之壮观，非同寻常。

大家一开始讨论，才发现关于“下大雨”，各种语言有许多千奇百怪的描述。日语的“土砂降り”（doshaburi），我觉得很容易理解，大雨下出了磅礴烟尘的感觉。但是其他一些语言所描写的雨就没那么直观了。

例如，希腊语会说，下了好多椅子腿（βρέχει καρεκλοποδάρα）。为了说明这个比喻，希腊同学高举起一把椅子来比画，说雨下得太大就会连成线，完全没有断开，所以下大雨的时候，仿佛天地间密密麻麻都是椅子腿。如今想起来，我依然觉得这个画面感相当超现实。

我们的老师来自波兰，他说在波兰语中，下大雨会说“Leje zabami”，意思就是落下来好多青蛙。法国的同学立刻兴奋地附议，法语里也有类似下青蛙的说法（Il pleut des grenouilles）。只不过法语除了下青蛙，还会下绳子（Il pleut des cordes），下钉子（Il pleut des clous），等等。在不同语言中，还有许多更加脑洞大开的表述。葡萄牙语会说下小刀（Está chovendo canivetes）；而在威尔士语里，不但下刀子，还会下叉子（Mae hi'n bwrw cyllyll a ffyrc）；到了塞尔维亚语，这雨下得更狂暴，竟然是在往下砸斧头（padaju sekire）。

掉下些刀叉剑戟也就罢了，下大雨的时候，天上还会掉下好些人来。威尔士语说，掉下老太太和拐棍（Mae hi'n bwrw hen wragedd a ffyn），德语说，掉下做鞋的学徒（Es regnet gießt Schusterjungs）。但最有喜感的是哥伦比亚的西班牙语，他们会说天上掉下了好多丈夫(Están lloviendo maridos)。

这次“下雨”讨论课，另有一个意外的收获。一位来自捷克的同学提到在捷克语里，下大雨可以说“下了好多手推车”:“Padají trakaře”(It’s raining wheelbarrows)。我不期然联想起威廉·卡洛斯·威廉斯(William Carlos Williams)的代表作《红色手推车》(“The Red Wheelbarrow”)中的雨，忍不住问，这里有没有来自捷克语的灵感?

The Red Wheelbarrow

by William Carlos Williams

so much depends
upon
a red wheel
barrow
glazed with rain
water
beside the white
chickens

我的疑问引发了一轮热烈的讨论。大家一致认为，捷克语中的这个表述在欧洲大部分地区流传甚广，威廉斯年轻的时候，曾在瑞士日内瓦、法国巴黎、德国莱比锡求学，因此他完全有可能知道这个说法。当然，这并不能证明威廉斯在创作“The Red Wheelbarrow”的时候，曾受到捷克语的影响，从而潜意识里将“手推车”和“大雨”联系起来。我们想强调的一点是，如果读者有额外的欧洲语言背景，也许就会对“The Red Wheelbarrow”有更神奇、更形象的一层解读。

袁可嘉先生曾评价威廉斯的《红色手推车》是一首出色的意象派小品，“重要之点在于它为我们观察极其普通的事物提供了一个新的角度，把红色车子、晶亮雨水、白色鸡群并置对衬，构成一幅画面（这是平日我们容易忽略的），而且出之于一种惊喜的口吻”[①]。威廉斯在分行上打破常规，拆散了词语，将整幅画面分为若干细节，更让读者在阅读中体验到惊喜。袁可嘉在翻译的时候也充分注意到这一特点，再现原诗的分行特征和意象转换：

红色手推车

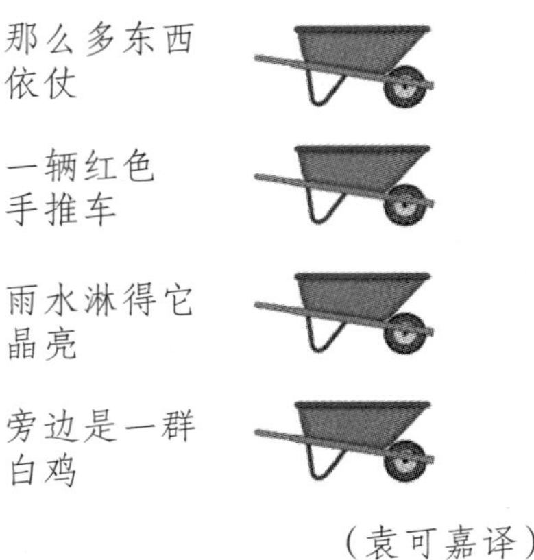

① 袁可嘉：《现代派论·英美诗论》，北京：中国社会科学出版社，1985年，第159页。

如果我们再仔细看原诗和袁可嘉先生译诗，会发现每个诗段都由两行组成，上长下短，恰是小推车一样的可爱外形呀！如果我们再想到那句捷克语“Padají trakaře”（It’s raining wheelbarrows），在你的眼前，会不会出现了四个小小手推车，正像雨珠一样淅淅沥沥往下落？

在翻译中，以意义为先的考虑，也需要兼顾形象。有些形象具有跨文化的普遍性，也有些具有特定文化的特殊性，遇到形象有差异的特定表述时，译者往往会采用舍形取义的做法。例如，各种语言描绘出“大雨”的独特形象，在翻译中大多被简化或省略了。译成中文，很多时候就被处理为“倾盆大雨”，至于倒出来的那些五花八门的动物啊、人啊、刀叉剑戟啊、手推车啊，多半是留不下来的。虽说翻译出来的意思没有错，但总觉得趣味上多少欠缺了一点。我个人的看法是，如果是做文学翻译，尤其是儿童文学作品的翻译，不妨大胆保留些稀奇古怪的形象，哪怕添加些说明修饰，也尽量不要删减，因为语言形象虽然具有鲜明的文化特殊性，也具有很大的创造性与可塑性，译者大可不必低估读者的接受能力。

Auld Lang Syne

每到十二月的最后一天，数十亿人总会在世界各地，举办各种辞旧迎新的狂欢，倒数迎接新年。在英语世界许多新年庆典中，例如纽约时报广场新年倒数，人们都会听到的跨年主题曲是*Auld Lang Syne*。这首歌的中文译名也非常脍炙人口：《友谊地久天长》。中国听众是否觉得奇怪，在跨年午夜钟声即将敲响的时刻，我们为什么要歌颂“友谊地久天长”？这个中的蹊跷，大概和这首歌的翻译也有点关系。

*Auld Lang Syne*是一首苏格兰民歌，18世纪苏格兰诗人罗伯特·彭斯（Robert Burns）根据当地一位老人的吟唱记录下来，写成同名诗歌后被广为传唱。*Auld Lang Syne*直接对应为英语，就是“old long since”，意为“逝去已久的日子”，而歌词中反复出现的for auld lang syne，翻译为现代英语，就是“for the sake of old times”的意思。

至于这首歌曲如何成为新年庆典的必放曲目，众说纷纭。有人认为，苏格兰宗教改革后，加尔文派一度废止圣诞假期，强调元旦前夜才是最传统的苏格兰庆典，因此这首苏格兰民歌就成为元旦的象征。也有人指出，1929年，加拿大乐手盖伊·伦巴多（Guy Lombardo）和乐团在纽约罗斯福酒店（Roosevelt Hotel）演出，选择的跨年音乐是从加拿大的苏格兰移民那里听到的*Auld Lang Syne*。这次演出通过CBS和NBC的电台转播，广受好评，后来用*Auld Lang Syne*的曲子迎接新年的传统便延续下来。

让我们来看一下这首歌歌词第一段及反复咏唱的副歌，并对照彭斯用低地苏格兰语写成的原诗和1907年弗兰克·斯坦利（Frank Stanley）用现代英语翻译的版本：

彭斯（低地苏格兰语）	弗兰克·斯坦利（英文翻译）
Should auld acquaintance be forgot, And never brought to mind? Should auld acquaintance be forgot, And **auld lang syne**? 副歌： For **auld lang syne**, my jo, For **auld lang syne**, We'll tak a cup o'kindness yet, For **auld lang syne**.	Should old acquaintance be forgot, and never brought to mind? Should old acquaintance be forgot, and **auld lang syne**? 副歌： For **auld lang syne**, my dear, for **auld lang syne**, we'll take a cup of kindness yet, for **auld lang syne**.

很明显，“auld lang syne”在翻译中没有改动。彭斯在创作这首诗后，曾在1788年给邓洛普夫人（Mrs. Dunlop）的信中，谈道“这首古老的歌曲总是使我的灵魂战栗”（an old song and tune which has often thrilled thro' my soul），而其中很大的原因恰是因为“auld lang syne”这个苏格兰词儿是多么具有表达力呀！

保留这个苏格兰表述，为英语译诗增添了不少怀旧和传统的气氛。谈及歌曲的翻译和改编，露西尔·德布拉什（Lucile Desblache）指出，不改编（not adapting）的做法本身也表明了一种态度（statement）。[①]英语翻译中，保留这一反复出现的咏叹，也体现出一种身份的坚持和对传统的怀念，这与新年这个特定场合是相契合的。

这首歌翻译为中文之后，也有不少大家非常熟悉的译本。下面我们暂且对比一下歌词第一段及副歌在《魂断蓝桥》电影中出现的歌词翻译与王佐良先生的译本：

友谊地久天长（邓映易译配）	**往昔的时光**（王佐良译）
怎能忘记旧日朋友， 心中能不怀想？ 旧日朋友岂能相忘？ **友谊地久天长！**	老朋友哪能遗忘， 哪能不放在心上？ 老朋友哪能遗忘， 还有**往昔的时光**？

① Desblache, Lucile, "Translation of Music", in *An Encyclopedia of Pratical Translation and Interpreting*, Hong Kong: Chinese University Press, 2018, pp. 297–324.

续　表

副歌： **友谊万岁**，朋友， **友谊万岁**！ 举杯痛饮，同声歌颂， **友谊地久天长**！	副歌： 为了**往昔的时光**，老朋友， 为了**往昔的时光**， 再干一杯友情的酒， 为了**往昔的时光**。

很有意思的一处，是电影中的歌词，将“auld lang syne”翻译为“友谊地久天长”和“友谊万岁”。在“友谊地久天长”和“友谊万岁”的高歌中，配上“举杯痛饮，同声歌颂”的渲染，让人觉得热烈昂扬，激情澎湃，这样的情绪又明确指向“友谊”，因此在中国语境中，我们常常会在毕业典礼或是同学聚会的场合，听到这首歌曲。

如果我们仔细对照彭斯的原诗，会发现虽然原诗以友谊作为描写对象，但总体表达的并不只是对友谊的歌颂，而更多是一种对往事的追忆。友谊如此美好，但随着时光逝去，年龄增长，人们四处奔波，很多往日里情投意合的老朋友，如今远隔重洋，天各一方。在这样的情况下，追忆往事，怀念旧友，既是伤感的，也是深情的。在新年夜唱起这首歌，象征着温柔送走对往事的追忆，迎来更加值得珍惜的每一天。从这个角度来看，王佐良先生的译本，更切合原诗的意绪。

无论你记忆中的*Auld Lang Syne*是哪一个版本，且让我们在辞旧迎新的时刻，一同哼唱这个曲子吧！愿往昔的时光，在回忆里慢慢酝酿弥久醇香；愿新朋旧友，别后若来还有期；愿世间所有美好情谊，悠久绵长。

新春又旧年

对中国人来说，没有过春节就总感觉还没有真的过年。以西历纪年，在中国其实是近代才开始的事情。1911年辛亥革命之后，出于“行夏正，所以顺农时；从西历，所以便统计”的考虑，纪月、纪日改用公历，定农历正月初一为“春节”，改公历1月1日为岁首“新年”，称“元旦”。

关于新的一年，到底从什么时候开始算起，中国古代也有变化。夏朝以农历一月为岁首，商朝以农历十二月为岁首，周朝以农历十一月为岁首，秦朝以农历十月为岁首，自汉武帝始，恢复夏制，从那之后中国历代都以二十四节气中的立春日为春节，夏历正月初一为新年。立春在二十四节气中位列第一，表示春天开始，也标志着新一年的开始。

也就是说，咱们有三种不同的办法来标注新一年的开始：公历1月1日“元旦”，农历正月初一，还有立春。英语世界的读者要是不清楚这个背景，就会完全不明白下面这首诗在说什么：

年のうちに　春は来にけり　ひととせを　去年とやいはむ　今年とやいはむ

这首诗来自日本平安朝初期（10世纪初）纪贯之等人共同编选的《古今和歌集》。《古今和歌集》洋洋洒洒20卷，收和歌一千多首，显示了和歌在艺术上的高度成熟，与《万叶集》《新古今集》一道，被公认为日本文学史上最重要的三部古典和歌集。《古今和歌集》开篇第一首，便是上面所引这首《旧年立春所咏》，作者是在原元方。

海伦·克雷格·麦卡洛（Helen Craig McCullough）是研究日本古典诗歌和散文的美国学者，她翻译的《平家物语》（*The Tale of the Heike*）在学界享有很高的评价。以下是她翻译的《旧年立春所咏》：

Spring is has arrived,
While the old year lingers on,
What then of the year?
Are we talk of "last year"?

Or are we to say "this year"?[1]

这个翻译相当忠实于原文，但大多数英语读者读来，会觉得一头雾水。春天来了，旧的一年却还没有结束，那么这个春天，到底算是去年的春天，还是今年的春天？这到底算是什么问题呀？只有知道在农历里边，立春可能发生在正月初一之前，才可能明白这首诗的意思。

当然，也可能读懂了，还是觉得这首诗写得不好。日本明治时代著名诗人正冈子规（Masaoka Shiki）在《与歌人书》（Utayomi ni atauru sho，『歌よみに与ふる書』）中，就曾经狠批这首诗，认为争论发生在正月以前的春天，到底属于去年还是今年，就好比争论日本人和外国人生下的孩子到底是日本人还是外国人一样无聊，完全就是在强词夺理（rikutsu o koneta dake，理屈をこねただけ）。

当然，长期以来也有另一派的意见，认为无事生非、强词夺理本是诗歌的天性，这首诗恰如其分地表现出对春天到来的喜悦。正月还没有到，就看见了萌生的春意，心里欢喜得不知道怎么算才好：这个早早到来的春季呀，我该把你算成去年好呢，还是今年好呢？为了表现这种雀跃的心情，另一位译者罗宾（Robin D. Gill）给出了另一个更欢乐的英译本：

---

① Kitagawa, Hiroshi, *The Tale of the Heike*, Vol.1, New York: Columbia University Press, 1975.

Spring is in the air today,
So tell me if we may,
Call this year last year
Before New Year's day![1]

"空气中洋溢着春意，你来告诉我们，新年到来之前，是不是可以把这一年叫作上一年呢？"这个英译本比之前的那个欢乐了些，但始终还是觉得绕口，读完有点蒙。文化之间的距离相隔越远，译者的工作也就越困难。

我好奇地找来这首诗的中译本，译者是日本平安朝时期著名歌人、诗歌理论家、汉学家纪淑望。他的译文如下：

立春来岁暮，
春至在花前。
谁谓一年里，
今年又去年。

这首译诗广为流传，深得中文读者的喜爱。和歌汉化为五言绝句，形式虽异，趣味却相通，用字修饰细密，用思颇著巧致。译文出现了"花"的意象，原文是没有的，但用来烘托早春的心绪，可谓恰到好处。最后淡淡的一句"今年又去年"，

---

① Gill, Robin D., *Mad in Translation*, Florida: Paraverse Press, 2009, p.34.

不动声色拂去了疑问和无谓的争论，唯留下时光未央的期许，岁月静好的心愿，在字里行间飘香。

中国民间有种说法，认为没有立春的年份是不吉利的。可是读了在原元方的这首和歌之后，我倒觉得，新春旧年偶相逢，又何尝不是让人欣然的喜事呢。

花式除夕

现在说到除夕夜，大家首先想到的，大概是家家户户打扫得窗明几净，家门口贴上红联，一家人聚在一起吃团圆饭。以前，除夕夜还可以放烟花爆竹，每到半夜十二点的时候，鞭炮声响了半夜，满天是绚丽的礼花。

英语世界里，很多人都知道中国的除夕和春节。舞龙、舞狮（dragon and lion dance）是大多数华裔庆祝新年的保留节目，扫尘（clean-up）、放鞭炮（firecracker）、团年饭（family reunion dinner）、春联（Spring Festival couplets）等这些习俗，许多外国朋友们都很熟悉了。著名的美国华人作家谭恩美（Amy Tan）创作过一个系列儿童读物《傻瓜，中国的暹罗猫》（*Sagwa, the Chinese Siamese Cat*），其中就有一本叫作《新年扫尘》（*The New Year's Clean-up*）。

翻译课堂上，我常建议同学们读《红楼梦》第53回“宁国府除夕祭宗祠，荣国府元宵开夜宴”，对照一下杨宪益和戴乃迭先生的译本与英国汉学家霍克斯和闵福德的译本，可以感受到对文化节日习俗的不同处理。例如下文这个例子，杨译本用了直译，而霍译本用了释译：

已到了腊月二十九日了，各色齐备，两府中都换了**门神**，**联对**，**挂牌**，新油了**桃符**，焕然一新。（第53回）

Yang: By the twenty-ninth of the twelfth month all was ready. Both mansions were resplendent with **new door-gods, couplets, tablets and New-Year charms**.

Hawks: Suffice it to say that by the twenty-ninth of the twelfth month they had been completed. In both mansions **new door-gods** had been pasted up on all the doors, the **inscribed boards at the sides and over the tops of gateways** had been repainted, and **fresh “good luck” slips-auspicious couplets written in the best calligraphy on strips of scarlet paper** — had been pasted up at the sides of all the entrances.

《红楼梦》中的宁国府，照足了最正统习俗，祭宗祠、贴门神、换新符、大摆筵席来过除夕。其实，除夕夜还有各种花样的打开方式。翻开中国古诗词就会发现，中国民间的除夕风俗，趣味盎然。

在江南一带，流行着“照田蚕”的传统祈年习俗，又称“烧田蚕”。农民们高举稻草扎成的火把在田岸上奔跑，或将火把甩上落下，口中高呼咒语歌谣，祈求来年稻谷和蚕丝大丰收。江南各地区之间“照田蚕”的时间各有不同，元末明初的时候，一般在除夕夜“照田蚕”。明朝高启有《照田蚕词》，描写了这一欢乐的岁时仪式：

照田蚕词 明·高启

东村西村作除夕，高炬千竿照田赤。
老人笑祝小儿歌，愿得宜蚕又宜麦。
明星影乱栖乌惊，火光辟寒春已生。
夜深燃罢归白屋，共说丰年真可卜。

Silkworm Song of Torchlit Fields

In eastern village and western village
they celebrate New Year’s Eve:
towering torches, a thousand of them,
light the fields all red!
The old people pray with smiles,
the young folk sing songs:
“we wish for a year good for silkworms
and also good for wheat.”
In bright starlight strange shadows are cast,

Startling the perched crows;
flames from torches burn off the cold,
giving birth to spring.
Late at night, torches all burned out,
The people return to their homes
they all say prognostications
show a prosperous year ahead. ①

Translated by 齐皎瀚（Jonathan Chaves）

这样老少齐齐出动，照田蚕守岁祈福的做法，真是欢喜又热闹。相比之下，明代著名文人文徵明以读书而守岁的方式，显得冷清多了。1494年，文徵明年方25岁，胸怀大志，发奋图强，写下了后世传颂的“人家除夕正忙时，我自挑灯拣旧诗”的诗句。到了文徵明年过八十，功成名就，虽垂垂老矣而毫不懈怠，除夕夜依然独守书帏，奋笔疾书：

辛亥除夕守岁 明·文徵明

坐恋残年漫有情，夜堂烧烛待天明。
不愁老大无同辈，祗觉聪明愧后生。
得岁笑看新旧历，无眠厌听短长更。
香消酒冷人初静，忽报晨鸡第一声。

---

① Mair, Victor H., ed., *The Shorter Columbia Anthology of Traditional Chinese Literature*, New York: Columbia University Press, 2001, p.129.

The Year Hsin-hai (1551),

New Year's Eve: Keeping Watch

I sit here with affection of the lingering year —
 useless emotion! —
in the room at night, candles burning, waiting for the dawn.
I am not so much saddened at being old,
 without my friends;
I am only shamed by the brightness of younger people!
As the New Year comes in, with a smile
 I watch the new calendar replace the old;
sleepless, I grow weary of hearing short and long warthc-drums.
The incense burns out, the win turns cold,
 the people fall asleep —
suddenly, the first crow of the darn rooster is heard. ①

Translated by 齐皎瀚

文徵明守岁的方式，实在是太学霸了，读书读得毫不懈

① Chaves, Jonathan, Quoted in Marmé, Michael, *Suzhou: Where the Goods of All the Provinces Converge*, Redword City: Stanford University Press, 2005, p.219.

怠，目光炯炯，难怪译者把这个“守岁”翻译为keeping watch。不知道现在有多少“聪明”的“后生”，还会这么勤奋。我是自愧不如的，每年除夕，很难有他这般“笑看新旧历”（with a smile, I watch the new calendar replace the old）之从容，多半只会感慨自己又蹉跎了一岁。

和文徵明“学霸式”守岁相比，《玉台新咏》里南朝诗人徐君倩《共内人夜坐守岁》一诗记录的“情圣式”守岁，则令人向往多了。除夕之夜，夫妻二人共享烛光晚餐，甜蜜温馨，饮酒守岁，只待天明。华兹生（Burton Watson）将标题翻译为“Sitting Up with My Wife on New Year's Eve”。“Sitting up”比“keeping watch”，听起来轻松多了，是吧？不过徐君倩诗中提到“挑喜子”和吃“杨梅粽”的守岁风俗，倒是有些出人意料：

共内人夜坐守岁　南朝・徐君倩

欢多情未极，赏至莫停杯。
酒中挑喜子，粽里觅杨梅。
帘开风入帐，烛尽炭成灰。
勿疑鬓钗重，为待晓光摧。

除夕吃粽子是罕见的风俗，以至吴世昌先生在《词林新话》中批注“守岁食粽，一奇；粽里有杨梅，二奇；杨梅可藏至冬天，三奇”。华兹生在翻译这首诗的时候，大概也觉得粽子太奇怪，于是简化为“饺子”（dumpling）。

另外，该诗更奇异的是“酒中挑喜子”一句(一作“酒中喜桃子”，被认为是桃子做的酒)。其中，“喜子”指的是一种长脚的小蜘蛛，古人以此虫出现为喜事的征兆。为此，华兹生专门给出详细注解，说明蜘蛛象征幸福，因而中国人新年会在酒里放蜘蛛。别说英语读者了，即便是现在的中国读者，读到这里大概也会觉得很讶异吧？

Sitting Up with My Wife on New Year's Eve

(It was custom at New Year's to place a daddy longlegs, whose name, hsi-tzu, is a homophone for "happiness", in the wind, and to hide wild plums in the dumplings.5-ch)

So many delights the excitement has no end,
so much joy the cup is never still:
pluck a daddy longlegs out of the wine,
find a wild plum inside the dumpling!
The blinds swing open and wind lifts the curtain;
The candle burns low, its wick turned to ask.
No wonder the pins weigh heavy in your hair —
we've waited up so long for dawn light to come![①]

Translated by 华兹生 (Burton Watson)

---

① Housden, Roger, ed., *Dancing with Joy: 99 Poems*, New York: Harmony Books, 2007, p.147.

除夕夜，杯觥交错，和心爱的人甜蜜相伴，更是其乐无穷。但这一晚，也总有人形单影只。清末扬州八怪之首金农，客居扬州，曾在除夕夜想起了远在家乡的妻子，面对好酒好菜，美味的年夜饭也变得索然无味，唯感到无尽的孤寂和伤怀：

辛未除夕，独酌苦吟，忆老妻曲江江上 清 · 金农

作客身千转，忆家肠九遛。

扬州好厨娘，可惜是孤杯。

On New Year's Eve of the Year Hsin-wei (1751)

Drink Alone and Sadly Chanting Poems, I remembered

My Ages Wife Who Is Living at Twisting River

(one poem from a group of three)

A traveler, I've been through a thousand changes.

Thinking of home, my insides turn over nine times!

Here in Yangchou they have good local wine:

What a pity that I'm drinking along. ①

Translated by 齐皎瀚

"扬州好厨娘"这句话，齐皎瀚改译成"扬州有好酒"。这个处理本没有问题，只不过我是扬州人，读到这里，忍不住想起了正宗的维扬酒席，精致的摆盘，熟悉的味道，心下总觉维

① Kale, Tessa, ed., *The Columbia Granger's Index to Poetry in Anthologies*, New York: Columbia University Press, 2007, p.1313.

扬菜的艺术，不只是一杯好酒可以概括的。同时，也才突然惊觉，自己也客居他乡，很多年没有回过故乡过年了。不过，现代人的生活，已经有很大的变化，心在哪里，家就在哪里，又何须感慨“可惜是孤杯”呢。

无论你打算举着火把念咒语，还是贴上门神来祈福；无论你准备吃粽子，还是包饺子；无论你准备“情圣式”甜蜜守岁，还是“学霸式”寒窗苦读；无论你打算回乡团聚，还是在外过年，祝愿大家除夕都能开开心心，欢欢喜喜。

祝 福

春节期间，总会收到各种各样的祝福。各种新年好意头的祝福语，翻译起来多半一点也不困难，无论哪种语言的祝福语，无非就是那几个词的排列组合：fortune, health, prosperity, success, happiness，等等。大家听得最多的大概就是“恭喜发财”了吧？这句话用英语说“Wishing you good fortune”或者“Wishing you great prosperity”，都可以。

“祝福”这个词，反而是另有玄机。一般情况下，“祝福”如果是朋友之间的良好祝愿，可以翻译为“greetings”，意思是问候、问好。我们常常会在新年和圣诞卡上，看到节日祝福（season’s greetings）这个表述。

戴望舒有一首短诗《元日祝福》，王佐良先生将其翻译为“New Year Greetings”：

元　日　祝　福 戴望舒　作（1939）	**New Year Greetings**（Dai Wangshu） Translated by Wang Zuoliang
新的年岁带给我们新的希望 **祝福**！我们的土地， 血染的土地，焦裂的土地。 更坚强的生命将从而滋长。	The new year brings us new hope. **Greetings!** Our earth, Blood-stained earth, cracked earth. Tougher life will come out of it.
新的年岁带给我们新的力量。 **祝福**！我们的人民， 坚苦的人民，英勇的人民， 苦难会带来自由解放。	The new year brings us new strength. **Greetings!** Our people, Hardy people, heroic people, From suffering will come your freedom and liberation.

Bless也有“祝福”的意思，人们有时候会把bless you翻译为“祝福你”，但是在语言学家看来，这个翻译是有问题的。王力先生曾指出，“祝福你”是“欠妥的翻译”，“就中文本身看来是不通的，若译成西文却是通的”。翻译西洋单词的时候，我们经常会依靠仂语（“两个以上的词造成一种复合的意义单位”）来意译，王力先生称这种方法为“拐弯法”（periphrasis）。例如，“祝福”这个单词本身是动宾结构的仂语，如果再接另一个宾语，例如“祝福你”，这其实是不符合汉语文法的。而现在人们之所以这样用，是“因为运用这种欧化词汇的人往往在脑子里有西文原词的影子”①。

做翻译的时候，我们不应该先入为主地总顺着脑子里

① 王力：《王力文集》（第一卷），济南：山东教育出版社，1984年，第437—438页。

“西文原词的影子”走。例如鲁迅先生1924年2月7日创作的短篇小说《祝福》，这个标题的翻译就让人颇费思量。翻译成“Greetings”显然有点莫名其妙，翻译成“Blessing”也未必合适。

根据《中国现代文学目录》，这部小说1975年以前就已经有了七个译本。

“Chu-fu” 《祝福》 《彷徨》

“The new year blessing,” tr. by Lin I-chin. *People's Tribune*. n.s. 12.1 (Jan 1, 1936), 35–50.

“Benediction,” tr. by E. Snow and Yao Hsin-nung, in Snow, *Living China*, 51–74.

Reprinted in Jörgensen, *Hesitation*, 2–61; Birch, *Anthology 2*, 303–320.

“Sister Sianglin,” tr. by C. C. Wang, *Far Eastern Magazine* 2.4 (Nov 1938), 182–187; 2.5 (Jan 1939), 238–243.

“The widow,” tr. by C. C. Wang, in Wang, *Ah Q*., 184–204. Based on “Sister Sianglin,” *Far Eastern Magazine*. above, with major revisions.

“The new year's sacrifice,” *SS* (1954), 95–118. Reprinted in *SW*. vol.1, 150–173; Lu Hsün, *Chosen Pages*, 116–189.

“The new year's sacrifice,” tr. by Yang and Yang, *55* (1960) [125–143 in 1972 reprint]. Slight revision of translation in *SW*. Reprinted with slight revisions in *ChL,* 1961, no. 9, 19–36; *ChL*, 1971, no. 10, 15–33.

"The new-year sacrifice," tr. by G. Yang, in Jenner, *Modern Stories*, 29–45. Based on translation in *ChL,* 1961, no. 9, with revisions.

《中国现代文学目录》, Harvard University Asia Center, 1975, p.106.

光从标题看,《祝福》, 林疑今译本译作 "The New Year Blessing"; 埃德加·斯诺(Edgar Snow)、姚莘农译本为 "Benediction"; 王际真译本为 "Sister Sianglin", 修订本改标题为 "The Widow"; 另外, 有杨宪益、戴乃迭翻译的 "The New Year's Sacrifice", 以及后来威廉·莱尔(William A. Lyell)与蓝诗玲(Julia Lovell)翻译的 "New Year's Sacrifice"。

其中,除了王际真的版本以祥林嫂的形象为题目,改变了原文的标题,其他的译者都尽可能保留原文标题《祝福》的意思,但选词却又各有不同:"blessing" "benediction" "sacrifice", 这些词给人的感觉显然很不一样。单看标题两个字,无法判断高下,必须要放到文章中去理解。

全文第一次出现"祝福"一词,用了双引号,表示岁末的一种仪式。作者郑重其事地予以定义解释,在一定程度上可被视为小说之题解。

……家中却一律忙，都在准备着“祝福”。这是鲁镇年终的大典，致敬尽礼，迎接福神，拜求来年一年中的好运气的。

作者所说的“致敬尽礼”“迎接福神”“拜求”这些毕恭毕敬的做法，其实是祝福之“祝”的本意，就是要跪下来祷告，祭拜神灵，祈求上天赐福。

“祝”“福”二字均有“礻”字旁，和祭拜相关。要祭拜神灵，就有了下文“杀鸡，宰鹅，买猪肉”准备“福礼”的情形。我们再来看看不同的译本是如何处理这个“祝福”的：

……家中却一律忙，都在准备着**“祝福”**。**这是鲁镇年终的大典，致敬尽礼，迎接福神，拜求来年一年中的好运气的**。

... and everywhere they are busily preparing for **New Year prayers-of-blessing**. **It is a great thing in Lo Ching: every one exerts himself to show reverence, exhausts himself in performing rites** and falls down before the god of benediction to ask favours for the year ahead.（埃德加·斯诺、姚莘农“Benediction”）

They were all busy with preparations for the New Year, for this was the festival of the year for Luchen, **at which they offered the most generous sacrifices with**

the most elaborate ceremonies and welcomed the God of Blessings and prayed for good luck for the coming year. (王际真 "Sister Sianglin")

All were busy with the preparations for the Invocation of Blessings, **the most solemn and elaborate ceremony of the year, at which they offered the most generous sacrifices to the God of Blessings and prayed for good luck for the coming year.** (王际真修订本 "The Widow")

... but every family was busy preparing for "the sacrifice". **This is the great end-of-year ceremony in Luchen, when people reverently welcome the God of Fortune and solicit good fortune for the coming year.** (杨宪益、戴乃迭 "The New Year's Sacrifice")

They did not seem much changed either — a bit older, that was all. In every household people were busily preparing for the ceremony known as the "**New Year's Sacrifice**". In **Lu Town this was the most important of all the ceremonies conducted at the end of the year. With great reverence and punctilious observance of ritual detail, people would prepare to receive and welcome the gods of good fortune, and to ask them for prosperity during the coming year.** (威廉·莱尔 "New

Year's Sacrifice")

Every household was frantically preparing for the New Year's Sacrifice — **the elaborately reverent end-of-year ritual to welcome in the God of Fortune and to plead for good luck over the coming year**.(蓝诗玲"New Year's Sacrifice")

王际真第一个版本把"祝福"略去了,考虑到这个词在文中的重要性,略译显然不妥。后来他将其翻译为"the Invocation of Blessings",和斯诺与姚莘农的翻译"prayers-of-blessing"很相似,保留了字面意义,并且多少体现了"祝福"一词的动宾结构。不过,这两个翻译对于"祝"这个动词的把握,还值得推敲。毕竟,prayer也好,invocation也好,对应的动作主要是恳求、召唤,而非"杀鸡,宰鹅,买猪肉"准备各种供品来祭祀。从这个角度来说,由杨宪益和戴乃迭先生敲定的"sacrifice"一词,才更为传神。后来的译者基本都沿用了这个翻译。

1984年《翻译通讯》里有一篇文章《中国古代翻译理论初探》,文中谈到我国文学典籍的英译,大多是根据书名或篇名的意思去翻译,而不是另定新名,但作者对鲁迅的《祝福》英译名"New Year's Sacrifice"提出商榷:"按照小说原文,'祝福'是'鲁镇年终的大典,致敬尽礼,迎接福神,拜求来年一年中的好运气的';那么,New Year's似应改作New Year

Eves', Sacrifice一词似乎也不够明确。”我认为，不如按原名译“Sacrificial Rites for Divine Favour”[①]。这个批评意见，是为了进一步突出“拜神的祝福仪式”，但却译得太过死板。

毕竟，《祝福》的标题，是有双重含义的。既可以指新年的祭祀，也可以指一般意义上的美好愿望。这两层意义之间相互有呼应，而它们与故事中祥林嫂作为牺牲品（sacrifice）的命运之间，也分别构成了悲剧的张力，从而构建起《祝福》这一标题多重美学的意义。值得一提的是，小说结尾处最后一次提到的祝福：“我在这繁响的拥抱中，也懒散而舒适，从白天以至初夜的疑虑，全给**祝福**的空气一扫而空了”，杨宪益和戴乃迭的译本为：“Wrapped in this medley of sound, relaxed and at ease, the doubt which had preyed on me from dawn to early night was swept clean away by **the atmosphere of celebration.**”

这实在是个高明的翻译，语带讥讽地写出了“我”的软弱无为：把一个以“祝福”（sacrifice）开始，以“祝福”（celebration）结束的故事，讲述得无比热闹，却因此也无限悲凉。

要是把“祝福”生硬地翻译成“Sacrificial Rites for Divine Favour”，整个故事就变成了一场仪式（“Rites”），哪还有什么空间让读者体会到如此复杂而矛盾的感受呢？

---

① 苑艺、朱荣宽：《中国古代翻译理论初探》，《翻译通讯》，1984年，第8页。

复兴与再生

2019年是五四运动一百周年。作为中国现代史的“开端”，“五四”这一时间拐点，已经楔入中国人的心灵世界。回顾这一百年，从历史进程到社会发展，中国已经发生了翻天覆地的巨变。在不同时代的背景下，对于“五四”精神的阐发，也有不同的侧重和理解。

在《公元1919——有关“五四”的四种不同的故事》一文中，孙隆基先生指出，与现代以来中国对于自身历史的诠释一样，中国对“五四”时代的“意象化”，离不开对西方历史现象的借喻：“它因比附‘文艺复兴’和‘启蒙运动’而获得中国现代史上的中心地位。”其中，“‘五四’乃文艺复兴”的命题，主要由胡适提出；而“‘五四’乃启蒙运动”的命题，和余英时、李长之、罗家伦、李泽厚、舒衡哲（Vera Schwarcz）

等人的看法相关。[①]

胡适是较早向西方世界介绍新文化运动的学者。欧阳哲生认为他"可能是国人以英文文章向外界介绍新文化运动和'文学革命'的第一人"[②]。胡适在英文著作中,谈及新文化运动或新文学运动时,常用"中国的文艺复兴"(The Chinese Renaissance)来形容之。

1933年,胡适应邀到芝加哥大学比较宗教学系作"哈斯克讲座"。在其中一次讲座中,胡适谈及1917年以来,在中国文化及思想界发生的一系列革新运动,可以被称为"New Culture Movement"、The "New Thought" Movement,或者是"The New Tide"。而无论英文名称是什么,其精神实质和欧洲的文艺复兴运动有相通之处:

> Three prominent features in the movement reminded them of the European Renaissance.
>
> 该运动有三个突出特征,使人想起欧洲的文艺复兴。
>
> First, it was a conscious movement to promote a new literature in the living language of the people to take the place of the classical literature of old.
>
> 首先,它是一场自觉的、提倡用民众使用的活的语言

① 孙隆基:《公元1919——有关"五四"的四种不同的故事》,《历史学家的经线》,北京:中信出版社,2015年。

② 欧阳哲生:《探寻胡适的精神世界》,台北:秀威资讯,2011年,第222页。

创作的新文学取代用旧语言创作的古文学的运动。

Second, it was a movement of conscious protest against many of the ideas and institutions in the traditional culture, and of conscious emancipation of the individual man and woman from the bondage of the forces of tradition. It was a movement of reason versus tradition, freedom versus authority, and glorification of life and human values versus their suppression.

其次，它是一场自觉地反对传统文化中诸多观念、制度的运动，是一场自觉地把个人从传统力量的束缚中解放出来的运动。它是一场理性对传统、自由对权威、张扬生命和人的价值对压制生命和人的价值的运动。

And lastly, strange enough, this new movement was led by men who knew their cultural heritage and tried to study it with the new methodology of modern historical criticism and research. In that sense it was also a humanist movement.

最后，很奇怪，这场运动是由既了解他们自己的文化遗产，又力图用现代新的、历史的批判与探索方法去研究他们的文化遗产的人领导的。在这个意义上，它又是一场人文主义的运动。①

① 欧阳哲生、刘红中编：《中国的文艺复兴》，北京：外语教学与研究出版社，2001年。

在胡适看来，欧洲的文艺复兴和20世纪初期中国的新思想运动有相似之处。首先，中国的白话文运动与欧洲文艺复兴时期本族语文学的崛起可以互为印证。（关于这一点，曾有学者提出质疑，认为胡适对欧洲国语发展史存在诸多误读。在此暂不展开讨论这一话题。）其次，新文化运动对自由和个性的强调，与欧洲文艺复兴要求把人和人性从宗教束缚中解放出来的诉求是一致的。最后，中国新文化运动和欧洲文艺复兴一样，都以传统的现代化为旨归。

三点之中，最后一点尤其紧要。

曾有学者反对将五四新文化运动看作一场文艺复兴的运动，指出两者存在巨大差别：前者希望通过复活古希腊、古罗马的文化精神，对抗中世纪的黑暗；而中国新文化运动则与传统决裂，希望重建新的文化模式。但是，胡适所理解的"新文化运动"，并非只是一场与传统的决裂，或者说，与传统的决裂或许只是当时的权宜之策，而最终指向是传统经由现代化转变过程之后，实现"重生""再生"式复兴。这一点与欧洲文艺复兴的精神实质是相互呼应的。

1958年5月4日，胡适在台北"中国文艺学会"发表演讲，重提将新文化运动看作一场"中国文艺复兴运动"之缘由：

> 北京大学的一般教授们，在四十多年前——四十多年前，提倡一种所谓中国文艺复兴的运动。那个时候，有许多的名辞，有人叫作"文学革命"，也叫作"新文化思想

> 运动”，也叫作“新思潮运动”。不过我个人倒希望，在历史上——四十多年来的运动，叫它作“中国文艺复兴运动”。多年来在国外有人请我讲演，提起这个四十年前所发生的运动，我总是用Chinese Renaissance这个名词（中国文艺复兴运动）。Renaissance这个字的意思就是再生，等于一个人害病死了再重新更生。更生运动，再生运动，在西洋历史上，叫作文艺复兴运动。①

胡适在英文著述中，一再采用Chinese Renaissance这个名词来谈论新文化运动，一方面是为了便于西方听众和读者能够更清楚理解中国当时发生的事件；另一方面也在于强调中国的人文传统，认定中国文明自我革新、重获生命的能力。用Chinese Renaissance去翻译“新文化运动”，并非一个简单的字面翻译，而是包含了特定价值取向和认同的文化翻译（culture translation）。

“文化翻译”，是后殖民理论大师霍米·巴巴（Homi Bhabha）提出的一个概念，也与本雅明（Walter Benjamin）关于翻译的观点、赛义德（Edward Said）提出的理论的旅行（travelling theory），以及克里弗德（James Clifford）强调的旅行的文化（travelling cultures）有诸多共通之处。“文化翻译”的理念，颠覆了传统文本翻译研究中对于忠实性的执着追求，转而将翻译重新定义

① 胡适：《胡适作品选》（第24集），台北：远流出版公司，第178页。

为一种充满连续和断裂的变化过程。文化翻译的任务在于见证本质的变迁,让同质与异质展开历史性对话。

在《文化的位置》(*The Location of Culture*, 1994)一书中,霍米·巴巴引用了本雅明的话:贯穿翻译的,是连续的转化,不是抽象的同一性与近似性(Translation passes through continua of transformation, not abstract ideas of identity and similarity)。用霍米·巴巴自己的话来说:"翻译是文化交流的表演性本质。"(Translation is the performative nature of cultural communication.)[①]这种"表演性",在赛义德"理论旅行"的视角下,可以分为四个阶段:理论的起源、跨越时空的转移、接受或抵抗,直至最终适应并融入新的环境。[②]由于思想的起源地和目的地的背景差别,以及接受过程中各种因素的影响,思想的意涵和用途会在旅行的过程中发生转化。

正是在这种意义上,我们可以理解胡适将新文化运动称为Chinese Renaissance(中国的文艺复兴)的苦心。Renaissance这一概念,经由时空的转化,在中国的土地上并不指向崇尚古学,而是开出了"再生"的希望之花。这个"复兴"概念,既是"中国化的",也是"中国的":

Slowly, quietly, but unmistakably, the Chinese

① Bhabha, Homi K., *The Location of Culture*, London and New York: Routledge, 1994, pp.212–228.

② Edward Said, "Traveling Theory", in *The Word, the Text and the Critic*, London: Vintage, 1991 [1984], pp.226–247.

Renaissance is becoming a reality. The product of this rebirth looks suspiciously occidental. But, scratch its surface and you will find that the stuff of which it is made is essentially the Chinese bedrock which much weathering and corrosion have only made stand out more clearly — the humanistic and rationalistic China resurrected by the touch of the scientific and democratic civilization of the new world.

慢慢地、悄悄地，可又是非常明显地，中国的文艺复兴已经渐渐成了一件事实了。这个再生的结晶看起来似乎使人觉得是带着西方的色彩，但是试把表面剥掉，你就可以看出做成这个结晶品的材料在本质上正是那个饱经风雨侵蚀而更可以看得明白透彻的中国根底——正是那个因为接触新世界的科学民主文明而复活起来的人本主义与理智主义的中国。①

周虽旧邦，其命唯新。复兴的理念，是深深镌刻于“饱经风雨侵蚀而更可以看得明白透彻的中国根底”上的永恒基调。理论、文化和思想的旅行，从不曾停止过脚步。“五四”开启的这一场中国文明复兴，依然在行进中。胡适所提出的“研究问题，输入学理，整理国故，再造文明”十六字纲领，仍然值得今天我们每个人深思并践行。

① 欧阳哲生、刘红中编：《中国的文艺复兴》，北京：外语教学与研究出版社，2001年。

劳动节的往事

五一国际劳动节(International Labor Day或May Day),是世界上大多数国家的共同节日。早在1904年,我国《大陆报》已经介绍过欧洲的劳动节。《杂录·德国劳动者之祝典》中说:"世界五月一日为世界劳动者之祭日。英美法等国之劳动者,皆欣欣然如庆大典。"20世纪20年代,中国劳动者就已经开始用各种方式,纪念庆祝这个属于自己的节日。

1918年,李大钊在《建设》杂志的文章中介绍,五一国际劳动节起源于1886年5月1日美国芝加哥的工人大罢工,迫使资本家实施八小时工作制。1922年《民国日报·觉悟》第五卷第四期,刊登了德徵所作的《劳动节歌》,其中有这样的句子:

这新红底美丽和气味呵，
正和五月的榴花一样浓。
可爱可纪念的“八点钟”，
今日欢欢喜喜再相逢。

1889年7月，正值法国大革命的百年庆典，第二国际成立大会为纪念这次美国工人运动，在巴黎通过决议，将每年的五月一日定为国际劳动节。（而美国本土的Labor Day，却是定在九月份的。）1924年，刊登在《教育周报（上海）》上的罗驭雄《劳动节与劳动教育》一文，也提到了1886年美国大罢工的情况，并翻译了当时美国罢工中非常出名的三句口号“教育八小时，休息八小时，工作八小时”。不过这里的“教育八小时”一句，和原先的英语口号略有出入。

1886年5月1日芝加哥工人罢工游行的口号，其实是“八小时劳动、八小时休息、八小时给我们自己”（8 hours for work, 8 hours for rest, 8 hours for what we will）。当时的工人主要诉求为“八小时工作制”。英国乌托邦社会主义者罗伯特·欧文（Robert Owen）最早于1810年提出“十小时工作制”，并主动在自己的工厂首先缩短工时。1817年欧文进一步提出“八小时工作制”的主张，成为后来工人运动争取八小时工作制的重要依据。

除了与工人运动紧密联系在一起，五一国际劳动节也很自然地和公众节日的气氛相关。毕竟，在北半球温带地区，五月本身就是一个万物生长，植物葱郁，鲜花盛开的时节。正如德语中“Feiern”这个词，兼有“不工作”和“正式庆祝”这两种含义一样，五月一日被正式定为国际劳动节之后，人们这一天往往不上班，先参加集会或游行，然后再参加一些社交娱乐活动。

很快，在大多数欧洲国家，五一国际劳动节将公共节日和工人假日融为一体，跨越了职业、语言甚至国籍的界限，成为一个尤其特别的节日。正如英国著名左派史家艾瑞克·霍布斯鲍姆（Eric Hobsbawm）所言，“它（五一国际劳动节）展示了平民的思想与感情的历史性的力量，为那些作为单独的个人都不善言辞、无权无势、人微言轻的男男女女指明了一条仍然可以在历史上留下印记的道路”（... it demonstrates the historic power of grassroots thought and feeling, and illuminates the way men and women who, as individuals, are inarticulate, powerless and count for nothing can nevertheless leave their mark on history）[①]。

除了各种留下的新闻报道、图片影像，值得一提的是英国插画家沃尔特·克莱恩（Walter Crane），以其独特的画风，为我们记录了19世纪末五一国际劳动节的故事。

---

① Hobsbawm, Eric J., “Birth of a Holiday: The First of May; the First Annual Bindoff Lecture Delivered 3 May 1990”, in *On the More*, edi. Christ Wrigley and Johnathan Shepherd, Queen Mary and Westfield College: University of London, 1991, p.222.

这幅《工人的五月柱》(*The Worker's May-Pole*)创作于1894年。正中间的"五月柱",是一个美丽高贵的女神,她手捧的缎带上写着"社会化,团结一致,人道主义"(Socialization, Solidarity, Humanity)。许多劳动者簇拥在她的身旁,他们托起了她裙子的飘带,上面清晰写明了劳动者的诉求:

"所有人的闲适"(Leisure for All),

"八小时工作制"(Eight Hours),

"雇主责任"(Employer's Liability),

"寄宿学校不再有饥饿的孩子"(No Starving Children in the Board Schools),

"人民的土地"(The Land for the People),

"废除特权"(Abolition of Privilege),等等。

创作于1895年的《五一节花环》(*A Garland for May-Day*)则描绘了一个在草地上站立着的美貌女人,双手托起一个巨大的花环。这个精致、平静而慈爱的形象和童话里的善良仙女并没有太大的区别,只是她手中的花环上编织着写满标语的丝带:

“劳动事业是世界的希望”（The Cause of Labour is the Hope of the World），

“劳工团结”（Solidarity of Labour），

“为实用而非利润生产”（Production for Use not for Profit），

“反对童工”（No Child Toilers），

“英国应喂饱自己的人民”（England Should Feed Her Own People），

“合作与模仿，而非竞争”（Cooperation & Emulation, Not Competition），

“缩短工时，延长寿命”（Shorten Working Day & Lengthen

Life),

“工作中的希望，闲适里的欢乐”(Hope in Work and Joy in Leisure),

“所有人的艺术和享受”(Art and Enjoyment for All),

“社会主义意味着人人享有最有益的幸福生活 ”(Socialism Means the Most Helpful Happy Life for All)。

和19世纪的英国相比，毫无疑问，我们已经生活在一个更美好的时代。在一代代劳动者的斗争与努力下，沃尔特·克莱恩当年表达的许多良好愿望，已经慢慢变成了现实。让我们记住那些曾用鲜血和生命的代价，为我们换来这个假期的劳动者们，更让我们牢记恩斯特·布洛克(Ernst Bloch)所说的那一条希望的原则：要始终保持对于一个更美好的世界与未来的梦想和期待。①

既有机会Work Hard，也有权利Play Hard；既自主自觉地投入劳动，也理直气壮地享受闲适。或许，这便是如今五一国际劳动节最重大的寓意。

---

① Bloch, Ernst, and Neville Plaice, *The Principle of Hope*, Vol.3, Cambridge: MA: MIT Press, 1986.

五月，我们去看花

五月，是鲜花盛开的季节。英语有句谚语“April showers bring May flowers”，说的就是四月绵绵春雨滋润之后，五月的大地上会盛开出各种花朵。不同的地理环境，不同的国家与文化，人们也会联想起不同的五月花。在韩愈的诗句中，我们看到五月榴花红似火的明艳：

五月榴花照眼明，枝间时见子初成。

在川端康成的笔下，我们憧憬杜鹃花的安静：

今日は**五月**七日。**伊豆**の天城地方は**石楠花**の花盛りのはずである。

（今天是五月七日。伊豆的天城一带，又该是杜鹃花盛开的时节了。）

而在英国，“五月花”首先会让人想到白色的山楂花。山楂树（hawthorn），也称“五月树”（May Tree），是英国本土迷人而神圣的野生树种。山楂是英格兰最常见、最早开花的树，有着丰富的象征意义。在英格兰南部，人们庆祝May Day的时候，会采摘山楂花枝带回家，这就是“Bringing in the May”的传统。除了象征早春的生命力之外，白色的山楂花也有宗教的意味，被称为“圣母的五月花”（Mary's Flower of May）。

1620年9月，102位清教徒为了摆脱英国宗教迫害，从英国西南的普利茅斯（Plymouth）登上名为“五月花号”（The Mayflower）的帆船，横越大西洋，终于在11月9日在Cape Cod Bay登陆，并以普利茅斯为这个登陆点重新命名，成为第一批移居新大陆的清教徒。20世纪50年代，为了纪念往日的“五月花号”，美国委托英国一家造船公司完全按照当年原型，复制了一条“五月花二号”（The Mayflower II），再次从英国普利茅斯出发，按当年航线到达美国。“五月花二号”船尾有一朵白色的山楂花。

关于“五月花号”所指的花朵，到底是不是山楂花，其实也有争议。有一些文献暗示，“五月花”有可能是指报春花（primrose）、铃兰（lily of the valley）、黄花九轮草（cowslip）、紫丁香(lilac),有人甚至认为,是都铎王朝的蔷薇(rose)。这些都是英国本土五月会开放的花儿,被文人雅士反复歌咏吟唱,俨然是英格兰民族回忆的一部分。

弥尔顿(John Milton)在二十出头的时候,曾写过一首非常清新纯净的短诗《五月晨歌》("Song on May Morning"),又名《明亮晨星》("Bright Morning Star, or Lucifer"),描写了美好的春季,充满年轻活力和纯真希望。这首诗后来也出现在《失乐园》第五卷里。

Song on May Morning

by John Milton

Now the bright morning star, day's harbinger,
Comes dancing from the East, and leads with her
The flowery May, who from her green lap throws
The yellow cowslip, and **the pale primrose**.
Hail bounteous May that dost inspire
Mirth and youth, and warm desire,
Woods and groves, are of thy dressing,
Hill and dale, doth boast thy blessing.
Thus we salute thee with our early Song,
And welcome thee, and wish thee long.

五月晨歌（朱维之译）

晶莹的晨星，白日的先驱，
她舞蹈着从东方带来娇侣，
百花的五月，从绿色的怀中撒下
金黄色的九轮花和**淡红的樱草花**。
欢迎，富丽的五月啊，你激扬
欢乐、青春和热情的希望；
林木、树丛是你的装束，
山陵、溪谷夸说你的幸福。
我们也用清晨的歌曲向你礼赞，
欢迎你，并且祝福你永恒无边！

除了弥尔顿这首诗中提到的“金黄色的九轮花和淡红的樱草花”之外，紫丁香也是英国五月常见的花朵。我们可能都比较熟悉罗伯特·彭斯（Robert Burns）《一朵红红的玫瑰》（“A Red, Red Rose”）中的那一句“O, my Luve’s like a red, red rose, /That’s newly sprung in June”（啊，我爱人象一朵红红的玫瑰，它在六月里初开——王佐良译）。实际上，彭斯不但曾把爱人比作六月的红玫瑰，而且还曾将她比作五月的紫丁香：

O were my Love yon Lilac fair	**我爱若是那美丽丁香**
Robert Burns	云天译
O WERE my Love yon lilac fair, Wi'purple blossoms to the spring, And I a bird to shelter there, When wearied on my little wing; How I wad mourn when it was torn By autumn wild and winter rude! But I wad sing on wanton wing When youthfu'May its bloom renew'd.	我爱若是那美丽丁香 紫花朵朵在春天微笑， 我就是停在她花树上 梳理羽翼的那只倦鸟， 当秋的狂野冬的鲁莽 撕碎花儿，我必哀悼！ 待到五月天满树花放 我将展双翅啾啾鸣叫。
O gin my Love were yon red rose That grows upon the castle wa', And I mysel a drap o'dew, Into her bonnie breast to fa';	我爱若是那红红玫瑰 在城堡墙上绽放灼灼， 我就是那滴清清露水 自她娇美的胸口滑落，
O there, beyond expression blest, I'd feast on beauty a'the night; Seal'd on her silk-saft faulds to rest, Till fley'd awa'by Phoebus'light.	我愿整夜欣赏她的美 幸福的话儿难以言说， 在她软绸花褶里酣睡 直到被晨光吓走逃脱。

铃兰在欧洲也是五月常见的代表花卉。在德语中，铃兰被称为Maiglolckchen（五月钟儿），或Maiblume（五月花）。中世纪的时候，五月被认为是最好的结婚时机，婚礼之前未婚夫会送心爱的人一束铃兰，挂在她的门前象征新娘的纯洁甜美。铃兰花在英语中又叫作“圣母的眼泪”（Our Lady's tears或Mary's tears），因为这一朵朵小白花，象征圣母玛利亚在耶

稣受难时落下的泪珠。铃兰花开放的时候，花朵是低垂的，因此也常常被看作谦逊的象征。

做翻译的时候，免不了会碰上些花花草草的名字，一篇作品翻译下来，译者说不定也就成了半个博物学家。说了这许多的"五月花"，禁不住想起小时候，每到五月，家里的小院子就会渐渐溢满栀子花的香气。妈妈总会摘下一两朵，用细红绳挂在我的帐子上，说这样睡觉也睡得香。扬州人管栀子花叫"碰鼻子香"，其实用不着靠那么近，远远的也闻得到。

汪曾祺曾写过："栀子花粗粗大大，又香得掸都掸不开，于是为文雅人不取，以为品格不高。栀子花说：'去你妈的，我就是要这样香，香得痛痛快快，你们他妈的管得着吗！'"每次看到这段，总是忍不住失笑。那种朴实又坦然的扬州气，让汪曾祺先生写得活色生香。"栀子花"是可译的，学名叫作"gardenia jasminoides"，又称"cape jasmine"，它还有个高冷的俗名叫作"frostproof"。可是童年记忆里的栀子花香，大概始终是不可译的吧。

所有的孩子都要长大的

六一国际儿童节(International Children’s Day, Universal Children’s Day, World Children’s Day或Children’s Day),到处都是孩子们雀跃的身影。虽然名为“国际”,其实世界上不少国家都有各自本国的儿童节,庆祝方式也各具特色。还有不少国家有把男孩女孩的节日分开庆祝的,例如日本3月3日过“女孩节”,5月5日则庆祝“男孩节”;瑞典每年8月7日过男孩节,又称“龙虾节”,而女孩节则在12月13日举办,又称“露西亚女神节”。

我常常觉得生活在和平与富足年代的孩子们,其实并不特别需要一个节日,或是收到一份厚重的礼物去提醒他们,身为“儿童”,你应该多么幸福快乐。反倒是忙碌而麻木的成年人,需要提醒自己,生活的每一天都可能有发现的惊喜,或是成长的疼痛。这才是“童年”给我们最好的礼物。

诗人艾略特(T. S. Eliot, 1888—1965)在《诗歌的用途和批评的用途》(*The Use of Poetry and the Use of Criticism*, 1933)一书中曾说：

> Of course only a part of an author's imagery comes from his reading. It comes from the whole of his sensitive life since early childhood. Why, for all of us, out of all that we have heard, seen, felt, in a lifetime, do certain images recur, charged with emotion, rather than others? The song of one bird, the leap of one fish, at a particular place and time, the scent of one flower, an old woman on a German mountain path, six ruffians seen through an open window playing cards at night at a small French railway junction where there was a water-mill: such memories may have symbolic value, but of what we cannot tell, for they come to represent the depths of feeling into which we cannot peer.①
>
> 当然，一个作者的意象只有部分来自他的阅读。意象来自他童年开始的整个感性生活。我们所有人一生的

---

① Eliot, Thomas Stearns, *The Use of Poetry and the Use of Criticism: Studies in the Relation of Criticism to Poetry in England*, Vol. 39, Cambridge: Harvard University Press, 1986, p.148.

所见、所闻、所感之中，难道不会有某些特别的意象，反复出现，充盈着感情吗？鸟儿的歌唱，鱼儿的欢跃，在特定的时间和地点，一朵花的芳香，德国山路上的一位老妇人，从窗口里看到的、正在赌牌的六个恶棍——在黑夜中，在法国一条小铁路的交叉站上，那里还有一辆水车。这样的记忆有象征的价值，但象征着什么，我们无从知晓，因为它们代表了那种我们的目光不能穿透的感情深处。

这段安静、深邃而又充满诗意的文字，引人去回想各自最难忘的童年时光。其实，童年并非总是无忧无虑，儿童也并不必然天真烂漫。童年最可贵之处，在于懵懂的孩童，他们多半对世界总是充满惊讶与好奇，那敞开不设防的内心状态，热切而又笨拙的言语，没有矫饰的修辞、禁忌的话题，也没有语法的束缚和语意的限定。在于人生最初的境界里，我们更有可能超越熟视无睹的先见和陈词滥调的表述，更有可能可以穿越语言既定的边界，而直接抵达物和情感自身。

然而，“所有的孩子都要长大的，只有一个例外”（All children, except one, grow up）。

这大概是许多小朋友都知道的故事。彼得・潘（Peter Pan）是英国小说家兼剧作家巴里（J. M. Barrie）创作的一个虚构人物，这个自由奔放、调皮捣蛋的小男孩，他会飞，永远不会长大。他在梦幻般的永无岛（Neverland）上，与仙女、海盗、美人鱼、美洲土著以及偶尔来访的小孩子们一起，度过永无止境的童年。

对于普通的孩子来说，不长大是不可能的。故事一开始，温迪两岁的时候，听到母亲说了一句“要是你老是这么大该多好呵！”（Oh, why can't you remain like this for ever!），便明白自己终归是会长大的。巴里不无伤感地感叹：“You always know after you are two. Two is the beginning of the end.”（人一过两岁就总会知道这一点的。两岁，是个结束，也是个起点。——杨静远译）①

我总忍不住想，如果那一天温迪没有听到，或没有听懂母亲的话，她就不会意识到自己是会长大的，那么，她就是和生活在永无岛上的彼得·潘一样，依然身处神圣而自由的童年。时间并不是我们成长和苍老的唯一介质，语言也是。

那些弥漫在儿时空气里的奇幻想象与美妙童真，变得支离破碎，并不只是因为日复一日的单调生活，或是现实中的失望与打击，也因为我们难以摆脱泛化、僵化而又刻板的语言表达，自己的生活不过是前文本的仆从与影子，所有的创造不过是在逆反的涂抹与篡改中做着无用功，每一次的书写总是书不尽言，每一次的言说又总觉得言不尽意。这大概是让成年人最沮丧的感觉了。

斯洛文尼亚的诗人伯里斯·诺伐克（Boris Novak）曾写

① 巴里：《彼得·潘》（杨静远译），北京：生活·读书·新知三联书店，1991年。

下一首《光明与阴影的童年》，作为1997年国际儿童图书节的献词。我尤其喜爱这首诗的第一节：

Boris. A. Novak

(poet, Slovenia)

The childhood of Light and Shadow

I.

Adults hear words, yet do not listen to them.
Adults read words, yet do not feel them.
Adults speak words, yet do not taste them.
Adults write words, yet do not smell them.
Adults in their speaking do not notice the words at all, so the words have a sad and lonely ring.
Adults use words, yet do not love them. So the words become twisted and outworn.

But children are different. Children play with words. Their play straightens the twisted words. Playing with old words rubs off the rust and restores to them their youthful shine. Play brings to life new words unheard, fresh in their beauty.

Children listen to words. Words are the music of

human voices.

Children feel words: are they soft? hard? Round? spiky?

Children taste words: are they sweet? salty? Sour? Bitter?

Children smell words. Words are pollen on the flowers of things.

Children are fond of words. That's why words are so fond of children.①

孩子们与字词游戏，他们拂去“老字儿”（old words）上的锈迹，恢复它们原初新鲜而美丽的生命力。在说到意向派诗歌的原则时，埃兹拉·庞德用过一个很有趣的例子。他说自己曾看到一个小孩来到电灯开关前说，妈妈，我可以打开（open）灯吗？在英文中，开灯这个动词，原本应该是用turn on的。庞德告诉我们，这个孩子的语言，就是探索的、试验的语言，就是艺术的语言。

也许所有的诗人，在庞德看来，都应该像一个孩童。这里不是指我们通常所说，那种诗人应该有的赤子之心，而是说诗人应该像儿童一样，摸索自己的语言，试探自己语言的可能和潜力，并且重新定义语言的边界。所有的孩子都要长大的。

① International Board on Books for Young People, *International Children's Book Day: 1967–2002*, IBBY, 2002.

如果我们不能穿越时间回到过去，变成牙牙学语的孩子去重新面对我们的语言，也许唯一的希望就是：让我们变成译者，变成一个外国人，去学习使用一种并不标准的、混杂的语言。乘坐语言之舟，经由翻译、籍借外语，去探索并穿越既定的边界，重温记忆中那些“鸟儿的歌唱，鱼儿的欢跃，在特定的时间和地点，一朵花的芳香”，并无限接近那些“我们的目光不能穿透的感情深处”——那里便是我们的童年，我们的永无岛。

一句迟到的“儿童节快乐”，给所有热爱语言的同道中人。愿我们每一天都在语言的游戏中，找到做一个孩子的乐趣。

当屈原遇上复活节

又到端午节了。关于端午节的起源，曾有许多不同的解释。一种看法认为，端午节源自古代夏商周三代的夏至习俗。端午正是夏季之中，午时阳光最为炽热。所谓"端阳"，就是"阳气端点"的意思。秉承天地，中通正气，因此端午节也称"天中节"。另一种看法认为端午节源自古代吴越民族举行龙图腾崇拜祭礼的节日。闻一多在《端午考》中提出："端午节是古代吴越民族一个龙图腾团族举行图腾祭的节日，简言之，一个龙的节日。"[①]

当然，我们最熟悉的说法，大概是端午节起源于纪念屈原。南朝梁人吴均《续齐谐记》中记载："屈原五月五日投汨

① 闻一多：《端午考》，《文学杂志》（复刊）第二卷第三期，1947年。

罗而死，楚人哀之，每至此日，竹筒贮米，投水祭之。”宗懔《荆楚岁时记》亦持此说：“屈原以夏至日赴湘流，百姓竞以食祭之。常苦为蛟龙所窃，以五色丝合楝叶缚之。又以獬豸食楝，将以信其志。”唐朝诗人文秀有诗句为证：“节分端午自谁言，万古传闻为屈原。”

如今到了端午，人们首先想到的大概就是吃粽子。其实端午节还有许多特别的民俗。宋朝是一个特别讲究精致生活的朝代。北宋孟元老的《东京梦华录·端午》中记载：

> 端午节物，百索、艾花、银样鼓儿、花花巧画扇、香糖果子、粽子、白团。紫苏、菖蒲、木瓜，并皆茸切，以香药和之，用梅红匣子盛裹。自五月一日至端午节前一日，卖桃、柳、葵花、蒲叶、佛道艾。次日家家铺陈于门首。与粽子、五色水团、茶酒供养。又钉艾人于门上，士庶递相宴赏。[①]

百索又称合欢索，是用彩色的丝线编织而成的丝绳，系在幼儿的手臂上，用以辟邪。银样鼓儿和花花巧画扇都是人们相互馈赠的礼物。这两样物件的名称，听上去便觉得精巧美丽。食物就更不用提了。当时的大户人家，会将菖蒲、杏子、李子、生姜、紫苏，细细切了丝儿，加入盐晾干，

---

① 孟元老、邓之诚：《东京梦华录注》，北京：商务印书馆，1961年。

做成端午果子。也有用梅皮裹了，渍浸在蜜糖里，做酿梅香糖。

吃不上那么清情雅致的端午果子，不妨读几段《离骚》附庸风雅。《离骚》全诗三百七十三句，二千四百多字，是一篇宏阔壮丽的抒情诗。《离骚》这个题目，历来有不同解释。有人认为它是乐曲名“劳商”的音转，也有人说它是“遇愁”或是“离愁”的。朱自清对《离骚》的解读，特别有性情真而意气合的感觉：“离骚”是“别愁”或“遭忧”的意思。他是个富于感情的人，那一腔遏抑不住的悲愤，随着他的笔奔迸出来，“东一句，西一句，天上一句，地下一句”，只是一片一段的，没有篇章可言。这和人在疲倦或苦痛的时候，叫“妈呀！”“天哪！”一样；心里乱极，闷极了，叫叫透一口气，自然是顾不到什么组织的。[①]

也许就是因为《离骚》的情感如此汪洋恣肆，而语言又如此气韵酣畅，所以翻译尤其困难。杨宪益先生曾谈到毛主席和他的一段对话：

> 有一次见毛泽东，周恩来介绍我说，“他是翻译《离骚》的”。
>
> 毛泽东问：“《离骚》也能翻译吗？”
>
> 我说：“主席，什么都能翻译的。”

---

① 朱自清：《朱自清全集》(第7卷)，南京：江苏教育出版社，1996年，第197页。

他想了想，笑一下，要跟我辩论，他可能觉得《离骚》没法翻译。①

毛主席怀疑《离骚》的可译性，其实是站在一个诗人的角度，去怀疑诗歌这一文学形式的可译性。而杨宪益则是站在一个翻译家的角度，去思考理想而现实可行的翻译标准。

实际上，《离骚》这首诗在历史上有过好些译本。最早的一个英译本"The Sadness of Separation or Li Sao"发表于1879年的《中国评论》(*China Reviews*, 309—314)，译者署名V. W. X.，是当时英国驻华公使帕克(E. H. Parker)。帕克的译本比较草率，译文中有一些严重的错误，后来汉学界，如翟理斯(H. A. Giles)、霍克斯(David Hawkes)等人对这个译本的评价都比较低。后来出现了不少更有影响力的《离骚》译本②：

V. W. X. (E. H. Parker). "The Sadness of Separation or Li Sao," *China Review 7* (1878–1879): 309–314.

d'Hervey de Saint-Denys, Le Marquis. *Le Li-sao, poéme du III siècle avant notre ére, traduit du chinois.*

---

① 杨宪益：《破船载酒忆平生》，《往事不寂寞》，北京：生活·读书·新知三联书店，2009年，第342页。

② Knechtges, David R., and Taiping Chang, *Ancient and Early Medieval Chinese Literature (Vol.I): A Reference Guide*, Leiden: Brill, 2010, p.174.

Paris: Maisonneuve, 1870.

Legge 1895, 839–864.

Hsü, S.N. *Anthologie*, 97–104.

Lim Boon Keng. *The Li Sao*, 62–98.

Payne, *White Pony*, 96–109.

Allegra, G.M. *Incontro al dolore di Kiu Yuan*. Shanghai: ABC Press, 1938.

Yang and Yang 1953, 1–16.

Hawkes, *Ch'u Tz'u*, 21–34.

Hawkes, *Songs of the South*, 67–95.

Owen, *Anthology*, 162–175.

Rollin, J.-F. *Li Sao, précédé de Jiu Ge et suiviè de Tian Wen de Qu Yuan*, 58–91. Paris: Orphée/La Différence, 1990.

Mathieu, *Élégies de Chu*, 37–43.

Wu Fusheng. In Cai, *How to Read Chinese Poetry*, 41–56.

其中，北京外文出版社的杨宪益、戴乃迭夫妇合译的《离骚及屈原的其他诗作》(*Li sao and other poems of Chu Yuan*, 1953)，尤其值得一读。据说，杨宪益12岁的时候，从老师魏汝舟先生处得到线装本《楚辞》，立刻爱不释手，很快就把《离骚》背了下来。上中学的时候，杨宪益读到林文庆的译本，觉得翻译得不好，就开始动了念头想自己来翻译。后来24岁那年，杨宪益在牛津大学读书，为了向牛津的英国老师展示中国也有悠久的文学，就模仿了英国18世纪德莱顿和蒲柏的英雄偶句体，将整首诗都翻译出来了。杨宪益后来曾谈过自己翻译《离骚》的心路历程：

> 这首诗据说是由中国的第一位著名诗人、公元前4世纪战国时期的传奇人物屈原写的，我却一直认为它是一首伪作。它的真正作者是几世纪后汉代的淮南王刘安。这种情形就象莪相的诗，按照推测是一位古代盖尔人诗人所写，实际上却是18世纪的诗人麦克佛荪冒充的。我用英文的英雄偶句体来翻译《离骚》，为了好玩我模仿了Dryden的风格，对此我很得意。……后来，在解放后的50年代初我把这首译诗交给北京外文出版社出版了。当著名的汉学家大卫·霍克斯（David Hawkes）看到这首诗时大吃一惊，他发表了如下幽默的评论：这首《离骚》的诗体翻译与原作在精神上的相似程度就象一个巧克力的复活节彩蛋和一个煎蛋饼的相似程度一样（in spirit this verse translation of "Li Sao" bears as much resemblance to the original as a chocolate Easter egg to an omelette）。大卫是我们的好朋友，我们俩都认为他的评论很有趣。但不管怎么说我至今仍认为著名诗歌《离骚》是一首伪作，我用略带嘲弄地模仿英雄风格的文体来翻

译它是恰当的。[1]

这个“巧克力彩蛋”和“煎蛋饼”的比喻很有意思。要知道，巧克力彩蛋和煎蛋饼的形状、味道是完全不同的，但是在联想的层面，它们却又是相通的。正如诗歌翻译一样，若想将诗歌的韵式、节奏、意象全部都原汁原味地保留下来，无疑做不到。翻译只能是一种再创造，在各种元素之间尝试实现平衡，最终在精神的层面实现对话。

我们不妨读几句杨宪益的译文，来体会一下这其中的相通与差异：

唯草木之零落兮，恐美人之迟暮。
The fallen flowers lay scattered on the ground,
The dusk might fall before my dream was found.
朝饮木兰之坠露兮，夕餐秋菊之落英。
Dew from magnolia leaves I drank at dawn,
At eve for food were aster petals borne;
长太息以掩涕兮，哀民生之多艰。
Long did I sigh and wipe away my tears,
To see my people bowed by griefs and fears.
夏桀之常违兮，乃遂焉而逢殃。

① Yang, Xianyi, *White Tiger, An Autobiography of Yang Xianyi,* Hong Kong: Chinese University Press, 2002, p.79.

And then the prince, who counsels disobeyed,
Did court disaster, and his kingdom fade.
路漫漫其修远兮,吾将上下而求索。
The way was long, and wrapped in gloom did seem,
As I urged on to seek my vanished dream.
路修远以多艰兮,腾众车使径待。
The way was long, precipitous in view;
I bade my train a different path pursue.
既莫足与为美政兮,吾将从彭咸之所居!
Wide though the world, no wisdom can be found.
I'll seek the stream where once the sage was drowned.①

杨宪益的译文采用了双行同韵,每行十个音节的英雄偶句。以这样严格的节奏和韵式译诗,又要兼顾原诗的意思,译者不得不在某些表达上做出变通。

例如"美人之迟暮"原本与上句"草木之零落"相对应,但在译文中杨宪益略去了"美人"而代之以"梦"的意象。无梦的失落与迟暮的美人之间有很大差别,但回味起来,两者蕴含着时间流逝对生命造成的压迫,在精神上又是一致的。

再如"夏桀之常违兮"一句中的昏庸暴君"夏桀",及"彭咸之所居"一句中以死谏君的殷贤大夫"彭咸",如果翻译

① Qu, Yuan, *Li Sao and Other Poems of Chu Yuan*, Trans. Yang Hsien-yi and Gladys Yang, Peking: Foreign Languages Press, 1953.

起来，有可能需要加上大段注解。杨宪益将尧、舜译为“the monarch”，桀、纣译为“the prince”，彭咸译为“the sage”，不妨碍基本意思的传递，译诗也文气贯通。

至于《离骚》全诗最脍炙人口的一句“路曼曼其修远兮，吾将上下而求索”，杨宪益的译文看似寻常，实则特别用心。关于“曼曼”二字，后人王逸有注：“言天地广大，其路曼曼，远而且长，不可卒至。”《楚辞》曼曼四见，皆形容修远之叠词，然其用实分为二，一为道路之修长，一为时间之修长。在英文中，如果只知道简单重复，将“路曼曼”翻译为“the long long way”，根本无法表达出中文叠词的意蕴。杨宪益的译文，上句中的gloom、seem，与下句中的seek、dream相互呼应，长音的重叠，既相递连，又显得回荡，再现了原句坚韧绵延的精神。

端午节已过，家里没有咸甜可口的果子，连粽子也没剩下。读一读《离骚》和杨宪益先生的译文，也觉得味道醇美，且当作享用了一回“巧克力彩蛋”配“煎蛋饼”的下午茶吧。

Ceci tuera cela

巴黎时间2019年4月15日下午，法国象征性建筑物巴黎圣母院发生严重火灾。大火中巴黎圣母院塔尖折断的一瞬间，很多人的心也被刺痛了。“世间好物不坚牢，彩云易散琉璃碎。”即便没有天灾人祸，世间美好事物总是难以长存，这不过是我们一次又一次被迫面对的现实。

19世纪，苏格兰改革家、散文家塞缪尔·斯迈尔斯（Samuel Smiles）曾写下这样的句子，冥冥中呼应着这次发生的悲剧：“书籍具有不朽的本质，是为人类努力创造的最为持久的成果。寺庙会倒坍，神像会朽烂，而书却经久长存。”[①]在大火中，巴黎圣母院整座建筑损毁严重。许多人有

① Smiles, Samuel, “Good Books, the Best Society”, in *Character*, London: John Murray, 1871, p.266.

生之年，可能都再也等不到这座伟大的建筑修复完整了。万幸的是，无数读者书架上雨果的《巴黎圣母院》，依然毫发无损。以文学书写的方式被记录下来的巴黎圣母院，超越了时空。

在一定程度上，雨果《巴黎圣母院》的写作，指向对日渐式微的建筑艺术的救赎。《巴黎圣母院》1978年英译本译者约翰·斯特罗克（John Sturrock）曾指出“这本书是对哥特式建筑风格的赞美，在某种程度上也是对它的模仿”。对雨果来说，哥特风格饱含着平民主义（populism）、雄心壮志（aspiration）和奇思妙想（caprice），巴黎圣母院恰是那个时代浪漫主义精神和自由思想的最好证词。①

《巴黎圣母院》的故事发生在1482年的巴黎。与大多数历史小说不同，雨果并未描述有目可查的历史重大事件，而更在意展示当时社会、风俗、政治等不同细节构成的总体概念，并用细致入微的笔触，令人信服地再现了巴黎的各个阶层人的生活。

从《巴黎圣母院》（*Notre-Dame de Paris*）的法语标题可以看出，建筑显然是一个创作的核心元素。这部作品早期英译本曾将标题翻译为“The Hunchback of Notre-Dame”，字面意思是“圣母院的驼背人”，后来迪士尼的电影改编也沿用了这个名字。

---

① Sturrock, John, ed., *Structuralism and Since: from Lévi-Strauss to Derrida*, Oxford: Oxford University Press, 1979.

中国第一个《巴黎圣母院》的译本是1923年俞忽译、商务印书馆出版的《活冤孽》。1928年，真美善书局出版了东亚病夫翻译的《钟楼怪人》。1949年，上海骆驼书店初版陈敬容译本《巴黎圣母院》，后来这个书名才被定下来。[①]

《巴黎圣母院》的标题在翻译中的变形，在一定程度上表明最初读者和译者的兴趣主要集中在情节和人物，对雨果关于建筑，尤其是哥特式建筑的看法并没有充分重视。实际上，只有读懂了雨果对建筑的热爱，才更明白他对文学的热爱，乃至对人类的热爱。

建筑与文学的内在关系，在《巴黎圣母院》的写作中得以彰显。雨果利用巴黎圣母院的建筑，将情节的各个方面相互关联，各个角色的命运交织牵连。这座石头建造的大教堂始于罗马式时代，延伸到哥特式，这座建筑不但嫁接了不同的风格，也熔铸了不同的思维，是一份独特的历史文献。

罗马式建筑的典型特征之一，是象征着等级与教条的圆形拱门。在哥特式建筑中，圆形拱门被尖拱或连续的S形曲线所取代，反映出一种更自由的风格。约翰·斯特罗克（John Sturrock）认为，在整部小说中，雨果对教堂的尖顶、尖塔、楼梯和长矛进行了精细的描绘，而哥特式建筑这一普遍尖锐向上的特征，恰恰暗合了雨果的人文主义："雨果珍视哥特式建筑直指天穹的特点，因为它象征着人类的心智面向曾被罗马式

---

① 谢天振、查明建主编：《中国现代翻译文学史（1898—1949）》，上海：上海外语教育出版社，2004年，第411页。

独裁剥夺的希望，敞开了大门。”[1]

因此，雨果将建筑看作更大的意识形态变化的见证，并在自己的写作框架中试图呈现这种混合的建筑形式。他充分利用了哥特式风格中的怪诞，比如装饰圣母院的石像鬼滴水兽（gargoyle），那原本起源于法国蛇形喷水怪兽（Gargouille）的传说。审美与怪诞的结合，事实与虚构、道德与历史的结合，在《巴黎圣母院》中俯首可拾。不同人物与圣母院之间的关系，暗含了雨果关于社会和解的终极目标：一种对美存有更开明期许的未来。

1831年《巴黎圣母院》初版后，雨果曾经在1832年重新修订，添加了原先遗漏的三个章节（第四卷第六章、第五卷第一和第二章），并且在“定刊本附记”中明确告诉他的读者：

> 对那些尽管有着相当判断力，但在《巴黎圣母院》里只寻求离奇情节和悲剧性遭遇的读者来说，毫无疑问会认为新找到的这几章并没有什么太大价值。但或许会有另外一些读者，他们并不认为去对本书里隐含的美学以及哲学方面的思想加以研究是无用的事，他们乐意在阅读《巴黎圣母院》的同时，去辨认传奇故事里的非故事部

① Sturrock, John, ed., *Structuralism and Since: from Lévi-Strauss to Derrida*, Oxford: Oxford University Press, 1979.

> 分，然后，哪怕被人当作不无狂妄也罢，通过诗人的这样一部作品，去探索历史家的体系和艺术家的目标。[①]

在“定刊本附记”中，雨果表达了一种非常清晰的、对于当时建筑艺术没落的忧思。他担心“建筑艺术的古老土地会失去生机，这片土地好几个世纪以来一直是这一艺术最好的园地”，并嘱托后代们“期待着新的纪念性建筑的时候，还是把古老的纪念性建筑保存下来吧”。

这种对建筑艺术的担忧，更集中体现在后来添加的第五卷第一章中。这一章的标题是“Ceci tuera cela”，英文译本为“This Will Kill That”，陈敬容的译本翻译为“这个要消灭那个”。这里的“这个”，指的是15世纪末印刷术的发明以及随之而来的书籍，而“那个”，指的是建筑。雨果认为，在印刷术出现之前，建筑一直是人类最为伟大的艺术，是人的力量和智慧、物质力量和精神力量汇聚在一点的至高表现。然而随着印刷术的发明，思想的持存找到了更加妥当的媒介：

> 人类的思想发现了一种能永久流传的方式。它不仅比建筑艺术更耐久更坚固，而且更简单更容易。建筑艺术走下了它的宝座。俄耳甫斯的石头文字将要由古腾堡的铅字继承下来。

---

① 雨果：《巴黎圣母院》（陈敬容译），北京：人民文学出版社，1991年，第2页。

书籍将要消灭建筑。[①]

雨果虽然惋惜建筑艺术的日渐式微，但却也清晰看到，印刷术和书籍为文学的发展带来的巨大机会，是极其值得珍惜的。文学的艺术和建筑的艺术，无所谓孰高孰低，在终极意义上，最好的艺术必然可以相通：

> 从此，纵然建筑艺术还可能东山再起，它也不再是主人了。它将要服从文学的管辖，就象文学过去服从它的管辖一样。这两种艺术各自的地位都会转化。在建筑艺术的时代，诗歌同建筑的确很少有相似之处。在印度，毗耶娑就象一座塔一样，楼台林立，奇特而又难以捉摸。在埃及东部，诗歌也象建筑物一样，有其线条的雄伟与庄严；在古希腊，诗歌是美的，宁静的，沉着的；在基督教的欧洲，诗歌有天主教的尊严，有民众的朴实，有一个复兴时期丰富多采的发展。《圣经》就象金字塔，《伊利亚特》就象巴特农神殿，荷马就象费狄亚。但丁是13世纪最后的一座罗曼式教堂，莎士比亚是16世纪最后的一座哥特式大教堂。[②]

雨果甚至满怀激动地指出，古腾堡以来所有的印刷书籍，

---

① 雨果：《巴黎圣母院》(陈敬容译)，北京：人民文学出版社，1991年，第211页。

② 同上，第216—217页。

堆积起来或者可以从地球直达月亮。所有书籍的总和，可以被视为人类最伟大的建筑，每件作品都有独特的艺术，汇聚在这座无所不包的建筑中。更重要的是，这座由书籍构成的宏伟建筑，将永远在建造中：

> 印刷机这一庞大的机器，不停地迸出社会上智慧的种子，把不断倾泻出新产品作为自己的任务。人类全都在脚手架上劳动。每一个有才学的人都是一名泥瓦工人。最卑微的人也在给它填补空白或是放上石块……当然它也是一项不断发展和螺旋式上升的建筑工程，是各种语言的混合，是不停的活动，是持续不懈的操作，是全人类的剧烈竞争，也是让智慧来对付新的洪水和逃避野蛮行为的避难所。它是人类的第二座巴别塔。[①]

也许这才是《巴黎圣母院》最重要的意义所在。时至今日，我们应该比任何时候都能看清楚这一点。雨果渴望古迹的长久留存，同时也肯定文明的形式演化。在他感慨"书籍将要消灭建筑"的同时，却也用雄浑的文字永久留存了这栋宏伟的建筑。

This did not kill that. This translates that.

书写与建造，终归是同源的，也指向同一个理想。"每一

---

① 雨果：《巴黎圣母院》（陈敬容译），北京：人民文学出版社，1991年，第218页。

个有才学的人都是一名泥瓦工人。最卑微的人也在给它填补空白或是放上石块”。书籍和印刷术并没有毁灭艺术,而是让我们得以记录、翻译、再现、改写、留存乃至重造了它们,并且通过不同语言的书写,建构起人性的共同希望。

后记：由“镜”及“境”

这本小书的一开头，我们借用“镜子”这个隐喻来理解翻译。理想的翻译应该和镜子一样，不偏不隐，客观充分再现它所映照的对象；理想的译者则如镜子一般，内敛虚静，克制自己本人的创作欲望，尽可能忠实于原作的风格。

在现实中，文本的旅行和变迁过程中映照出的镜像，难免变形、偏光，乃至碎裂。我们未必能够试图去黏合、复原镜中的一切，但这也并不妨碍每一块碎片都折射出一个他者的形象，或闪现一种陌生的智慧。经由概念的重思，字词的寻绎，进而记录在生活中与翻译相关的点滴，本书希望和读者一同体验的，恰是从这些看似琐碎的译事译闻中，窥见异域的一隅，追寻遥远的光源，乃至发现新的意义。

德国释义学家施莱尔马赫（Friedrich Schleiermacher）1813

年在一篇演讲中提出过两种翻译方法:“译者要么尽可能不去打扰作者,而让读者向作者靠拢;要么尽可能不去打扰读者,而让作者向读者靠拢。”施莱尔马赫甚至明确指出,这两种方法截然不同,因此必须严格遵循其中之一,否则作者和读者就无法相遇。[①]其实,绝大多数时候,即便是最理想的翻译也不足以让作者和读者真正相遇,而只是给读者呈现出原作的“镜像”而已。我们平时照镜子的时候,很清楚自己的身体和镜像之间的差别:身体在看的时候能自视,在触摸的时候能自触,能够产生自为的所见所感;镜像始终只是虚幻的合成与衍生物。

郭沫若在翻译尼采的作品时,说过很有意思的一段话:

> 我是一面镜子,我的译文只是尼采的虚像;但我的反射率恐不免有乱反射的时候,读者在我镜中得一个歪斜的尼采像以为便是尼采,从而崇拜之或反抗之,我是对不住作者和读者多多了。一切的未知世界,总要望自己的精神自己的劳力去开辟,我译一书的目的是要望读者得到我的刺激能直接去翻读原书,犹如见了一幅西湖的照片生出直接去游览西湖的欲望。[②]

---

① Schleiermacher, Friedrich, “On the Different Methods of Translation”, in *German Romantic Criticism*, ed. A. Leslie Wilson, New York: The Continuum Publishing Company, 1982, 1.

② 郭沫若:《郭沫若全集》(文学编)第15卷,北京:人民文学出版社,1990年,第189页。

这段话可能说出了许多译者的心声。再明亮平整的镜子，映照出的镜像始终与真实有距离。镜上虽无尘，境里却有声。翻译如同镜子照鉴事物的本质，虚幻而真实，保持了一定的距离，使我们对事物本身产生了真正的渴望。译者精神与劳力之付出，最大的期望是读者能够在译作的介绍、帮助、刺激乃至诱惑下，走向原作本身。退而言之，即便读者未必真能够下定决心，花费巨大的精神与劳力去学习一门外语，以期直接走入那“一切的未知世界”，翻译带领读者进入的“镜中世界”，也并非纯然的虚幻。

为文之道，“心生而言立，言立而文明”。同样是使用语言的工作，翻译与创作有很大区别。作家创作的时候，很多时候笔下脉气贯通，神思飞扬。翻译很少有那么潇洒自如的机会。翻译的方向是既定的，穿越语言丛林中往往没有坦途。有狭路崎岖处，不易行走；亦有宛转曲折处，无一通道可达。然，本着谦逊的求知之心，翻译总不断尝试探寻，“塞者凿之，陡者级之，断者架木通之，悬者植梯接之”，在没有路的地方，辟出一方大天地；在不可译的地方，创出一个新世界。这个新世界，是译者在目标语言里开辟出来的；这个新世界，不再是鉴中之像，而是目标语言世界中的实在之境。

“镜”与“境”同音，在古文里常常假借混用。“境”字通“竟”。竟的本义原指乐曲之所止，《说文》中写道：“乐曲尽为竟。”由此引申，境的意思就是疆土之所止，《说文》的解释是：“境，疆也。一曰竟也，疆土至此而竟也。”“边界”是一个意味深长的概念。在《逻辑哲学论》中，维特根斯坦充分地探讨了语言与世界的图像关系，将世界逻辑语义化，从而突出了语言和世界的同质性，认为语言就是世界的形象，是和世界逻辑同构的形象，并提出了著名的论断：

（1）我的语言的界限，意味着我的世界的界限（5.6）；

（2）世界是我的世界这个事实，表现于此：语言（我所理解的唯一的语言）的界限，意味着我的世界的界限（5.6.2）。①

维特根斯坦显然不认为界限意味着困境，他关于语言游戏的讨论，反复提醒我们，界限从来不是一个绝对分明和固定不变的概念，而越界必然出现："想象一种语言，就是想象一种生活形式。"②

我们生活在语言的世界中，语言便是我们存在的境况。这种境况是束缚我们的牢笼，抑或是诗意的家园，取决于我们如何在语言中自为自在。在翻译的世界里，"镜"与"境"形成一个相互联系的语义网络："照镜"者必有深邃之感情，而"造境"者必依锐敏之知识。我们每每捧起译作，便如同对镜张望，意图窥见异域，观照自我，并希望在这一语言互鉴游戏的光照下，实现由"镜"及"境"之飞跃，营造出更为旷远开阔的"我的世界"。

---

① 维特根斯坦：《逻辑哲学论》（贺绍甲译），商务印书馆，1996年，第85页。

② 维特根斯坦：《哲学研究》（汤潮、范光棣译），北京：生活·读书·新知三联书店，1992年，第15页。